ハヤカワ文庫SF

〈SF1864〉

宇宙英雄ローダン・シリーズ〈430〉

時間超越者の帰還

ハンス・クナイフェル&ウィリアム・フォルツ

赤坂桃子訳

早川書房

7050

PERRY RHODAN
RING DER GEWALT
RÜCKKEHR DES ZEITLOSEN
by
Hans Kneifel
William Voltz

Translated by
Momoko Akasaka
First published 2012 in Japan by
HAYAKAWA PUBLISHING, INC.
This book is published in Japan by
arrangement with
PABEL-MOEWIG VERLAG GMBH
through JAPAN UNI AGENCY, INC., TOKYO.

目次

時間超越者の帰還

暴力リング

ハンス・クナイフェル

登場人物

ハイタワス・ボール(狩人)……コイル集落の住人。テラナー
メラルダ・コイル………………ハイタワスの恋人。テラナー
ヴォイン・コイル………………メラルダの双子の兄。テラナー
トルボーン・チェルケル
ドナール・ウェルツ　……コイル集落の住人。テラナー
ルルス…………………………惑星ヴォルチャー・プールの原住種族
トロンパー・ニーサン
タラング
ハマー　………《グリッツ》乗員。エルトルス人

1

黒い爬虫類が枯れ枝のあいだを急降下し、針のように細い牙でハイタワス・ボールの頭を狙っている。ななめ方向から接近してきて、鉤爪をひろげた。標的は侵入者の目。ハイタワスは身をかがめ、しゅっと鋭い音を発しながらわきに跳びのく。獣は狩猟用マチェーテのすばやい一撃をたくみに避け、かるがると木に登って姿を消した。肩幅がひろくがっしりした男は、小声で悪態をついてまた歩きはじめた。

あたりには夜明け前の薄明かりがさしている。密林の〝暴力リング〟はまだ五百メートルほどつづくのだ。ジャングルの外縁に近いちいさな平地の藪を横ぎって進む。一面が干からび、石片と枯れた木におおわれていた。踏みしめるとそれらが音をたて、まるで爆発音のように静寂を破る。

ルルスに会おう、と、ハイタワスは決意していた。この、コイル集落を包囲する死のゾーンを、もう数えきれないほど何回も横断したもの。きょうもきっとぶじに通過できるだろう。ルルスと狩りをするのだ。〝シティ〟の住人が新鮮な肉を必要としているのだから。

枯死した白い枝がからみあってひろがる森林帯の地面で、ヴォルチャー・ローズがかさこそと動きはじめた。攻撃態勢にはいったのである。指ほどの太さの棘《とげ》がついた長さ数メートルの蔓がとぐろを巻く。音もなく花が開き、有毒な花蜜を出す蜜腺が膨張した。曙光を浴びて青白く発光する木々の幹や枝。切り株にからみつく臭い蔓植物。それらが最後の危険な壁となって、ハイタワスの行く手を阻む。ここをぬければ、惑星ヴォルチャー・プールに攻撃的な動植物相はない。ハイタワスは最後の千歩を踏みだした。

「くそリングめ！」と、うなる。いかに危険かよくわかっているのだ。これまでのところ、自然はかれを殺すことなく、最後の瞬間に道をあけてきた。だが、次の瞬間や次の日には、状況が激変するかもしれない。惑星のジャングルでなにかが起きている気がするのだ。ヴォルチャー・プールの暴力リングは百年かかって形成されたもの。ここには自然のあらゆる力が動員されている。ジャングル惑星は、どのような生物に対しても、この攻撃への免疫を持つことを許さなかった。

砂利と岩屑の平地についたハイタワス・ボールは立ちどまり、冷たい空気を吸いこんだ。これから最後の力を振りしぼって、リングの最終攻撃地獄をぬけなければならない。

ハイタワスを危険へとつきうごかすものはスポーツマンの功名心ではない。責任感だ。住人たちが冗談めかして〝シティ〟と呼ぶコイル集落では、生きぬくために肉と果物が必要とされている。集落を包囲する暴力リングは自然の恵みの補給を寸断していた。ヴォルチャー・プールは、そこに住むわずかな人間たちを破滅させようとしているのだ。
深呼吸をした。ヴォルチャー・ローズが発散する死の花蜜の匂いがする。食肉用の動物を数頭しとめ、原住種族の友の助けで新鮮な果物を数籠ぶん持ち、暴力リングを首尾よく横断してもどることができれば、集落の住人はまたしばらく生きのびられる。

　森の向こうの空に、淡いグレイの光の帯が浮かびあがった。のこる道のりを急がなければならない。ハイタワスは〝狩人〟だ。メラルダ以外のほとんどが、かれをそう呼ぶ。狩人はゆっくりこうべをめぐらせ、周囲をうかがった。まだなにも動きはない。だが、恒星プールボルの光がさしたとたん、暴力リングの動植物すべてが凶暴化し、ヴォルチャー・プールとともに人間に殲滅《せんめつ》戦をいどんでくるのだ。

「行こう！」ハイタワスはきっぱりといった。前方の木がもっともまばらなところに狙いをさだめ、速度をあげる。髭《ひげ》もそれるくらい鋭利なヴァイブレーション・マチェーテを胸の前でかまえ、本能が命じるまま、枝や棘がない道を選んで進んでいった。狩人が近づくと、未開地の植物は乾いた音をたて、いったんは枝や尖った葉を伸ばしてくる。だが、最後の瞬間にそれらをひっこめ、道を譲るのだ。ハイタワスが駆けぬけるときには、藪ふたつのあいだに通廊ができている。

石ころだらけの地面から前腕ほどの太さの根がつきだし、ヘビのようにのたくって環をつくり、足をすくおうとする。ごつごつした切り株がブーツの爪先から一歩ぶんの距離まで迫るが、すぐに石と腐敗した木屑のあいだに消えてしまった。

植物相は、免疫を持つハイタワスに〝いまのところ〟一目おいているのだ。いまのところ！　しかし、それはいつまでつづくのか？　惑星の暦で七年間にわたって、この免疫がかれを守り、生きぬかせてくれた。だが、リングのなかで一秒でも注意をおこたれば、突然変異が起こって惑星に滅ぼされてしまうかもしれない。

後退して両側に垣をつくっている灌木のあいだを通り、森のはずれまで走った。背後にはひろい道ができたが、すぐに雑草や繁殖力旺盛な草木がまた伸びて、もとの状態にもどる。ハイタワス・ボールが森のはずれに到達したとき、最後の隙間が閉じた。

狩人はやや息を切らしていたが、汗すらかかない。数年前から、重力を倍にした環境でからだを鍛えてきたのだ。原住種族の族長ルルスと狩りに出ても、かれと同じように疲れを知らない。

森はきょうこそ自分を殺すのだろうか？　それとも、まだ猶予はあるのか？

すでに四回、攻撃をしかけられている。ふだんよりさらにすばやく反応したおかげで、四回とも切りぬけたからよかったが。

あなたはわれわれと違うが仲間だ、と、ルルスは何回もいったもの。あなたも種族の〝狩人〟だから、と。

実際に原住種族たちが使う言語は、非常にわかりにくいのだが。ハイタワスが贈った唯一のトランスレーターは壊されてしまった。だが、狩猟をなりわいとするふたりは、たがいを理解できるのである。

ハイタワスの胸の前で交差している幅広のベルト二本には、エネルギー弾倉が固定されている。防水性のポケットには使いなれたブラスター。手ぎわよくポケットをあけ、武器の安全装置をはずして調節を確認してから、ふたたびもとの場所にもどす。こうしてまた木々のなかにはいった。そこでふたたび、奇蹟が起こったのである。

乾燥した枝や幹のあいだに道を切りひらいていると、ヴォルチャー・ローズが巨大なヘビのように襲いかかってきた。マチェーテで切断した蔓がばらばらになり、〝砲撃〟をしかける。埃が巻きあげられ、煙幕のようになった。

淡い黄色の棘は獰猛《どうもう》な獣の鉤爪を思わせる。先端に光る有毒な酸の滴は明るいグリーンの宝石のようだ。滴は地面に落ちると、泡だちながら音をたて、やがてしみこんでいった。

金色の花蜜の導管がふくらみ、毒を侵入者にまきちらそうと待ちうける。だが、ハイタワスは目に見えない護身用の盾を持っているようだった。植物が伸ばす魔の手は、疾走する男にとどく前に震えだし、ひっこんでいく。

ふたたび目前にひろい道が開けた。

ハイタワスは右側に倒れこむと、揺れる枝の下をくぐり、細い水路にそって二十歩前進。水生植物がブーツの爪先に向かって伸びてきた。枯れかけた枝に巨大なヘビがぶらさがっている。黒とどぎついグリーンと濃い黄色のうろこが光った。三角形の頭がゆっくりと振り子のように前後に動く。

ヘビは口を半びらきにし、喉から鋭い音をもらした。休みなく動く長い舌。ハイタワスが近づくと、頭がぐるりと回転する。巨大な目で狙いをさだめているらしい。

ヘビはからだをゆっくりと後退させた。光る皮膚の下の筋肉が鋼のザイルのようにはりつめている。と、次の瞬間、砲弾のように襲いかかってきた。だが、ハイタワスが反応するより前に、ヘビは頭部を横にそらすではないか。狩人は前にジャンプし、両腕と肩でからだを支えながら一回転。右手にブラスターをかまえ、ふたたび両足で立ったとき、ヘビは枝からはなれ、灌木の幹づたいに消えていった。

ハイタワスはからだを振って泥をはらい、顔から葉を落とす。千歩の距離のうち、ほぼ七百歩ぶんをこなした。前方のジャングルはもっと鬱蒼としていて危険だ。見とおせるのはせいぜい五メートル。周囲が急に暗くなる。自然が大きな音をたてて目をさましたのだ。暴力リングの内部で数百万もの鳥や小動物が鳴き、獲物を探している。リングはもっとも細いところで三千メートル、ひろいところは六千メートルあまり幅がある。〝シティ〟と呼ばれるコイル集落と、宇宙船《カルマ》があるあたりとの境界ははっきりしているが、それ以外のところでは境界が曖昧《あいまい》なまま、暴力リングは周囲と一体化していた。ほぼ百年かけて進化したリングは、いまもあの手この手で人間を殺そうとしている。

ハイタワス・ボールはふたたび自分をはげまして前に進んだ。

重要なのはスピードではなく、注意力と瞬発力。斜面から岩盤をへて湖畔《こはん》に通じる道は、原野を通る。いちばん危険な場所だ。

ネコに似た大型獣がななめ上の枝で姿勢を低くして、いままさに跳びおりようとしている。狩人は左手にマチェーテを、右手に安全装置をはずしたブラスターをかまえた。鋭い視線で猛獣を制し、おちついて進む。獣は大きな黄色い目で見かえし、ハイタワスの動きにあわせてゆっくりと頭をまわした。喉からは憎しみに満ちた声。だが、十五秒もすると、興味を失ったようにそっぽを向いてしまう。狩人はわずかにできた藪の隙間にすべりこんだ。前方の藪が退却していく。まだ暴力リングの勢力内にいるというたしかな証拠だ。鉤爪を持つ飛翔昆虫の大群が、円錐形の攻撃態勢をとっている。円錐の先端はハイタワスをさしていた。狩人が急ぐと、左右の植物がむちのような音をたてて左右に分かれる。その道に身を投げ、蔓植物が巻きついた太い幹から身をかわした。

この鉤爪つき飛翔昆虫は、異常な自然の進化によって生まれた最新の致死兵器か？

ハイタワスは絶望的な気分のまま、高さ二メートルの幹を大きくジャンプして跳びこえた。その幹にはすでにちいさな植物がはびこっている。

走りながらブラスターのローレットねじをまわし、プロジェクターのビームを太くした。疾走したせいで汗が噴きでる。

水滴をしたたらせる巨木のあいだにちいさな灌木の藪があらわれた。その中心部に跳びこむ。蔓植物と木の枝がハイタワスを避けるように後退。小動物の群れが不満げに鳴きながらも四方に散らばった。だが、肉食飛翔昆虫の大群が追いつき、ぶんぶん音をたてて顔を狙ってくる。狩人は急いで武器の引き金に指をかけた。

〝やつら、攻撃してくる！〟

だが、先頭の昆虫はハイタワスの目から半メートルの距離で、急旋回して去った。ほかの昆虫もそれにならう。大群は甲高《かんだか》い羽音をたてながらかれの頭をぐるりと一周して、植物の葉のあいだに姿を消した。ハイタワスは硬直したように立ちつくし、深呼吸する。命は助かった。だが、先天的な免疫の効果だけにこれ以上たよっていたら、死の危険があることは明らか。

充分に注意してまわりの安全をたしかめる。

恒星のまばゆい光が木々のあいだから、ほぼ水平にさしこんできた。無数の動物たちが出す物音がやんでいる。

「そろそろ変異が起きるころだ」と、自分にいいきかせる。若い外見に似あわない低音の朗々とした声だ。肉体トレーニングに励んできたことが、声域に影響をあたえたのかもしれない。

暴力リングにはいるたび、経路をすこしずつ変えるようにしている。きょうは数年前によく通ったコースを行くことにした。いまは植物が繁茂して〝道なき道〟となっている。狩人を追ってくるのは、憎悪をたぎらせた無数の目ばかりではない。文字どおりすべての草の茎までが、驚くべき変異を起こす自然の一部なのだ。こんな行軍を生きのびられる人間は、コイル集落にハイタワス・ボールのほかにはいない。そのため狩人は、惑星の〝ノーマル〟ゾーンと《カルマ》周辺の集落のあいだを、ひっきりなしに往復しているのである。

グライダーや搭載艇が一機でもあればその必要はない。だが、集落にはこうしたマシンがなかった。それだけでなく、多くのものが不足している。

狩人はふたたびジャングルにいどんだ。武器をしまって、マチェーテを左右に振りながら前進。太い木の幹にいたるまで、すべての草木が道をあける。四足の大型動物の群れはいったん根が生えたように停止したが、それから優雅に跳躍しながら逃げていった。ヘビ三匹がかさかさと音をたてて、腐った葉の下にかくれる。やがて藪がまばらになり、太い根をはった巨木の間隔があいてきた。腐った葉や枝におおわれていた地面が、みずみずしいグリーンの丈の高い草に変化し、陽光が鏡のような湖面に反射する。狩人は方向を右にとり、湖畔の砂地めざして疾走。百歩進むと、斜面と前につきでた岩が見えてきた。

恒星の光に目をしばたかせていたハイタワスは、族長のどっしりしたシルエットに気づいた。槍の束《たば》にもたれるようにして、ルルスが立っている。

「やった！」

狩人は最後のスパートをかけて斜面を駆けあがった。暴力リングをぶじ通過したのである。

2

「狩人、急いでる。不安な顔して。カー!」ルルスがつぶやいた。その声はヨシの茎が折れたような音だ。傾斜をよじのぼる狩人をじっと観察している。

狩人とは長いつきあいだ。ふたりはほぼ一日おきに狩りに行く。狩人はルルスより足が速く、瞬発力と持久力もすぐれている。だが、ヴォルチャー・プールの事情には通じていない。

狩人はルルスたちと外見がまったく異なる。原住種族にとっては、いろいろな意味で不可解な男だ。

背丈はルルスの使う単位で六エレ。狩人自身のいい方では一・九四メートルある。がっしりした肩と筋肉、長い脚と力強い太股。金属球体の近くにいるほかの男たちはもっと華奢《きやしや》で弱々しい。狩人の説明によると、かれも以前はもっと痩《や》せてちいさく、投げ槍みたいに骨ばっていたらしいが。

「ルルス、ここ。カー!」と、族長は叫び、槍の束をかたかたさせた。「ここだ、ハイダワー!」

ハイタワスはマチェーテを持った手をあげた。鋼が恒星の光を浴びて輝く。

「きみが見えるぞ、ルルス!」

ルルスはふだんより注意深く狩人を観察した。いつもと同じ長いブーツを履き、その胴に長い刀をさしている。ゆったりしたズボンにはポケットがたくさんあり、役だちそうな秘密めいた道具の数々がはいっている。幅広のベルトにもポケットが多数あって、その上方で武器ベルト二本が交差していた。腰丈の上着はいかつい肩にぴったりのサイズだ。袖を高くたくしあげ、すらりと長い指の両手には薄手の手袋をしている。片方の手首に通信装置を、もう一方にはクロノグラフも兼ねたコンビネーション計器をつけている。

最後にひと跳びしてハイタワス・ボールは岩に着地し、族長の肩をたたいた。

「狩人、大変ね。リング、危険?」ルルスはしわがれ声でいうと、顔をゆがめてにやりとする。

「いつもより大変だったよ、ルルス」ハイタワスはそういいながら、ズボンの太股のポケットをあけ、「わたしの免疫がきかない敵があらわれた。いっしょに狩りをできなくなる日がくるかもしれない」

かれはポケットから片手いっぱいの機械加工の鏃《やじり》を出し、原住種族にわたした。ルルスは甲高いよろこびの声をあげる。

「族長、うれしい、ありがとう。カー、カー！」

「いいんだよ」

狩人の声はおちついていた。だが、明るい砂色の目をした彫りの深い顔は、なにかじっと考えこんでいる表情だ。肩までとどく黒みをおびた赤色の髪を、額に巻いたヘビ革のきらきら光るバンドで押さえている。

「われわれ、なんの肉を狩る、狩人？」ルルスはたずね、毛の生えたまるい肩をさらに前かがみにした。

「肉がたくさんいる。大きな獣を狙わないとな。それに……果物と野菜もだ、ルルス」

ハイタワスはベルトのポケットから扁平な金属ボトルを出し、ねじ式のふたをとると、そこになみなみと液体を注いだ。族長は鼻の穴をふくらませ、左手で槍の束を握りながら、

「狩人、狩りの魔術師。われわれ、いっぱいいしとめる」

「そうだといいが。集落の住人が腹をすかしている。恒星がここにあるから、ゆっくりできないな」

ハイタワスはそういって、真上にある恒星を指さした。ルルスは強い匂いの酒をあおり、舌鼓を打つ。狩人もひかえめにひと口飲むと、族長の横にすわり、

「水場で狩りをするには遅すぎるかな、ルルス?」と、質問した。

「そう。でも、森のはずれも、獣いっぱい。風向きもいい、カー。肉やいろいろ、たくさんとれる」

「そう期待したいものだ。暴力リングの外側で、なにか変化はなかったか?」

「なぜ、きく?」

ルルスの外見は、カエル人間と類人猿の交配種とでもいったところか。まっすぐ立っても背はハイタワスの顎のあたり。顔、両手、すね以外は、さまざまな色のやわらかい毛皮でおおわれている。膝と肘、わずかだが手首とほかの突起部に、まるくて黒い角質がある。低い鼻とどっしりして角ばった顎。大きな黒い目。両耳の先端に伸びた長い房毛が一種の感覚器官になっている。ずんぐりと重量感のあるからだつき。持久力と力の強さではハイタワスに負けない。

「わが種族で暴力リングを横断できるのはわたしだけだと知っているな」と、狩人。

「ルルス、知ってる」

「リングの動植物はわたしを避ける。だが、この数日、かれらとの距離が縮まってきているんだ。いまにわたしも植物か動物に殺される日がくる」

ハイタワスの母はかれを産む前、ちいさなトビヘビに嚙まれた。それを知っているのは、すでに没した高齢の医師とハイタワス本人だけだ。ごく少量の毒が母親のからだを循環し、抗体をつくった。母はさらに植物からも攻撃をうけてそれが原因で死んだが、赤ん坊のかれは生きのこったのである。

「狩人、本気か？」と、ルルスはたずね、ハイタワスがしまおうとしたアルコールのボトルを奪った。

「ああ、本気さ。そうなったら、きみたちにコイルまで肉を運んでもらわなくちゃならない」

「リング、われわれも襲う、カー？」

「それはないだろう。きみたちはいつだってリングに出いりしているが、これまでだれも死んでいない。きっとなんとかなる。さ、行こうか？」

「行こう。われわれ、いいハンター。狩りが上手！　さ、行くぞ！」

ハイタワスは黙って西の方向をもう一度見た。コイル集落に住む同胞のなかでかれが心から共感をおぼえる相手は、ごくかぎられている。それでも、自分には責任があると感じるのだ。ジャングルの鬱蒼とした樹木、枯れた白い木々、砂利と藪の向こうに、宇宙船の湾曲部が見える。自分たち〝種族〟が帰還するための最後のたのみの綱だ。

「さ、狩りに出よう。あと何回いっしょに狩りができるかわからないが……」狩人がつぶやいた。「それはそれとして」

「ルルス、意味わからない！」原住種族がうなる。

「そのときになればわかるさ」ハイタワスはそっけなく答えた。

惑星に避難してきた者たちの忘れられた集落は、三四九〇年からここにある。《カルマ》は公会議勢力から逃れてここにきた。コイル集落の人々はまだ希望を捨ててはいない。だが、地獄惑星ヴォルチャー・プールがわずかな数の侵入者を一掃しようと動きだしたら、勇気や確信などひとたまりもないだろう。ハイタワスはゆっくり立ちあがり、反対の方向を見た。塩分まじりの水をたたえた泥沼の向こうで、あらたなジャングルが水滴をしたたらせ、湯気をたてている。サヴァンナはわずかに飛び地のようにのこっているだけだ。

「あそこだ！」狩人がいった。「さ、いつもの仕事だ」

「カー！」ルルスが応じる。

族長はすぐれた細工をほどこした槍を十数本ほど手にとり、狩人に目で合図。ふたりは黙って岩をはなれ、目標に向かった。

*

星系の第二惑星ヴォルチャー・プールが重要な鍵となった。当時、損傷いちじるしい《カルマ》は、故郷星系からほぼ三万光年、銀河中枢部の外縁にあるこの赤色小恒星をめざしたもの。第一惑星は生存が不可能な高温の小さな惑星だったため、乗員はもとより着陸をこころみなかった。最後の可能性が、金星に似たジャングル惑星のヴォルチャー・プールだったというわけだ。

ラール人も超重族もここに着陸しようとしたことはなかった。わずかな探知機器は数十年にわたって、明確なエコーを受信していない。《カルマ》の逃亡を目撃した者はなく、逃亡コースも知られなかったので、この小集団を捜索する者はいなかった。

直径千メートルの古い船は赤道地帯を回避し、その北方数千キロメートルの地点に緊急着陸したもの。

両半球を分かつ赤道地帯だったら、だれひとり生きぬけなかっただろう。とはいえ、この温暖な北半球の一帯でも、生存のためのたえまない戦いが逃亡者たちを待っていたのだが。

搭載艇はスタート時点からすでになく、わずか二機のグライダーは最初の偵察飛行で遭難。操縦していた乗員たちはそれきりもどってこなかった。こうして、生きのこった者たちは早い段階で正しい結論に達したのである。所有するすべての手段を使って、過酷な生きのこり戦をくりひろげなければならないと。

この戦いはほぼ一世紀つづき、いまだに勝敗はついていない。

＊

樹冠が小きざみに揺れている。葉のついた小枝が空中を舞い、人の背丈ほどある草が空き地の地面に倒れる。まばゆい稲光が青黒い雲のあいだを縦横にはしる。その直後、耳を聾せんばかりの雷鳴が響いた。たたきつける雨粒は小石のようだ。ルルスとハイタワスは黒く臭い泥に腰までつかりながら、森の縁をめざした。

狩人のブラスターがひっきりなしに火を噴く。爬虫類のような動物が泥から次々に姿を見せ、侵入者に襲いかかってくるのだ。原住種族は右手に槍をかまえ、やすやすとしとめる。

惑星には巨大な恐竜類はいないが、おびただしい数の小型の野獣がいた。

「あそこ、大きな獣。褐色毛皮、カー！」雷鳴のあいまにルルスが叫んだ。狩人の皮膚にはねた泥は雨に洗いながされ、髪は濡れて頭にはりついている。

「わたしも見たぞ！」ハイタワスは叫びかえすと、武器をかまえ、左手で右手首を支えた。森のはずれの沼とサヴァンナのあいだに若い〝水牛〟が立っている。哺乳類ではなく、角もないが、外見が似ているためにこの名前をつけたのだ。最初の一発が命中し、獲物の頭蓋をほぼ貫通した。大きな獣は脚をばたつかせ、地面に倒れて痙攣《けいれん》する。

「急げ。ハゲタカ、やってくる」と、族長。動きが倍の速さになった。ここはかれの惑星だ。いざというとき、ルルスはハイタワスよりはるかに敏速に動くことができる。

狩人が獲物に跳びついたとき、巨木を雷が直撃。ふたりはわきに吹きとばされ、空き地の向こうの木から炎があがった。ルルスが最初に獲物の近くに行き、かみそりのように鋭い刃がついた槍を振りあげる。刃は宇宙船の金属でつくったものだ。だが、水牛はすでに死んでいた。

「狙いどおり、カー？」

「もちろんさ」

《カルマ》には役にたたない装備品がたくさんある。だが、一見むだな装備も、ヴォルチャー・プールの自然と戦ううち、生死を左右するほどの重要性をおびてきていた。ハイタワスがベルトからとりだしたのは、小型のバリア・ジェネレーター。二メートルの距離から遠隔操作装置を作動させ、さいころ型のプロジェクターを獲物の四肢のあいだに置く。ぶーんという音とともにバリア・フィールドができ、操作装置のレバーの手前で停止した。この半球型の致死性フィールドにより、四百キログラムの最上の肉を肉食獣や虫から守るのだ。ハイタワスは立ちあがり、炎上した木が雨で鎮火したのを確認した。強風でしなう灌木のうしろには動物の大群がいるらしい。

「一発命中、さすが狩人！」族長が笑っていった。雷鳴が遠くから聞こえるが、前よりも間遠になっている。

「アルコールのおかげかな、ルルス族長。だが、きみの仲間たちからずいぶんはなれてしまったな？」

「大丈夫。ルルス、うまくやる、カー？」

「ああ。いつもきみを信用しているさ」

恒星プールボルが黒雲のあいだからあらわれた。地獄を思わせる水蒸気と雨と霧のなかに強い光がさし、すさまじい雰囲気をかもしだす。この世の終わりのようだ。ハンターふたりは、雨が衣服と毛皮から泥を洗いながすまで立ちつくしていた。

「あそこ、行く。動物たくさん、狩人」

「いいだろう」

ふたりは顔を見あわせてにやりとすると、横にならび、濡れて倒れている草を踏みしめて進んだ。ハイタワスはルルスほどこのあたりを知らないが、野生動物のほとんどがサヴァンナと森の縁のあいだの細長いゾーンにいることはたしか。

惑星は十六時間四十二分十七秒で一回自転する。六時間後には周囲は漆黒の闇につつまれるだろう。燃えあがるような夕暮れは二分しかつづかない。ルルスの合図で、ふたりは汗だくになって進み、両側からはさみこむように灌木に接近する。降りはじめた雨が、唐突にやんだ。数秒もすれば、霧が森の縁と泥沼のあいだに勢いよく押しよせてくるだろう。ルルスは猛スピードで灌木のあいだを突進し、甲高い声で叫び、鋭い口笛を吹き、槍で枝を刈って進んだ。ハイタワスの前方で、荒い鼻息と重々しい足音が聞こえてくる。

三回大きくジャンプして巨木のあいだに出ると、明るい空き地を背景にして、肉づきのいいトカゲ・アンテロープの群れが見えてきた。

ハイタワスは自動の前腕固定式ブラスターではなく、通常の操作の武器を好んで使う。片腕を木の幹にのせて慎重に狙いをさだめ、連続して十数回ほど発射。四頭は即死で、二頭はもう一発撃って射とめ、負傷した三頭は藪に逃げこんだ。ルルスがそこで待ちうけ、驚くべき正確さで槍を三本投げる。獣はたちまち倒れ、群れののこりは空き地を通って沼に逃げていった。

ハイタワスは過熱したプロジェクターを振って冷やしてから、ブラスターをしまった。ルルスが、

「狩人、霧でもよく見える、カー！　仲間に二頭、もらっていいか？」

「三頭でも四頭でも持っていけ、友よ。こいつらを最初の獲物のところまで運ぼう」

「恒星、沈む。われわれ、沼でいちばんの猟師」

ふたりは大急ぎで九頭を水牛のところまでひきずっていき、積みあげた。ハイタワスはバリア・フィールドを拡張する。すくなくとも一週間ぶんの肉！　バリアが血だらけの動物の山を守ってくれる。

ハイタワスはポケットのどこかから洗浄用の布をとりだし、顔、手袋、頸をきれいにしてから、例の金属ボトルをあけた。男たちは順番にひと口ずつ飲む。

「もっとか、ルルス？」

「恒星、沈む。暗くなる。われわれの〝石の家〟、遠い。急いで狩りを」

「きみのいうとおりだ」

ふたりは宇宙船の凝縮口糧で体力をつけた。きょうの収獲だけで三千人もの人間を養いつづけられるわけではない。だが、コイル集落で育てた植物と動物ばかり食べている人々にとり、献立を豊かにしてくれる果物やこうした肉は歓迎すべきものだ。砲火をまぬがれた船内の施設も、住人の食生活を充実させるために一役かっている。

日暮れ二時間前になり、ふたりは狩りを切りあげた。いつになくいい獲物がたくさんとれた。ルルスは立ちどまって考えこみ、狩人を見て、

「仲間と連絡する方法、知りたいか？　狩人、ここで見る。笑う、だめ」

ハイタワスはなんのことかわからなかった。たしかに、狩りが終わるたび、すぐに百名以上の原住種族が集まって手助けするさまを見て、不思議に思ったものだが。男たちはどこかにかくれているのか？　狩人はとまどいながらもかぶりを振り、

「笑ったりしないさ。約束する」

「カー」

ルルスはずんぐりしたからだをうしろにそらし、弓なりになった。いきなり体型が変わって痩せたように見える。槍の末端が地面に触れ、刃先はゆっくり回転しながら空を

さした。森が空き地に暗い影を落としている。族長はあらんかぎりの力をこめ、叫び声とともに槍を上空に向かって垂直に投げた。投げた槍が加速して上昇し、回転して何回も光るさまを、ハイタワスはあっけにとられて見た。なんということ！　槍はさらに上空に達し、最後の恒星の光をうけて空中で弧を描く。木々の梢にさえぎられ、槍は視界から消えた。鳥がばたばたと飛びたつ。

「ルルス！　槍はどこだ……まったく信じられない！」

槍をあれほど高々と投げられる者がいるだろうか。ハイタワスはまたかぶりを振り、目をこすって、

「たしかに見たぞ。あの槍はどこに着地するんだ、族長？」

「槍、われわれのねぐらに落ちる。合図ね。仲間、合図待ってる。みなここにくる。わかった？」

「わかった。でも、やっぱり理解できない」

「あとは待つだけ。飲もう。ぜんぶ」

とほうにくれたまま、狩人はうなずいた。きょうだけで二回も世界観が根底から覆されている。気持ちをしずめ、いつかわけがわかるだろうと考えることにした。マチェーテで木の幹の一部を苔《こけ》むした地面に切りおとし、ヘビや小型動物を追いはらって腰をおろす。

「どっちみち、飲まずにはいられない気分だからな」

〝ねぐら〟のことは知っている。ここから直線距離で六キロメートル。原住種族がくるまで一時間はかかるだろう。ハイタワスは隣りにいる謎に満ちた男の顔を見た。その黒っぽい目のなかに、これまで気づかなかったなにかが宿っている。ふと、ある考えが頭をよぎった。この原住種族たち、人間には想像もつかないことを知っているのかもしれない。ミュータントか？　自分は虚像を見ているだけなのか？　そういえば、いっしょに狩りをするとき、ルルスはいつも短時間だけ姿をくらますではないか。

半時間後、酒のボトルはからになり、原住種族があらわれた。かれらは十年前から石器時代とは異なる生活を送っている。狩人が《カルマ》船内で不要になった半加工品の金属片や道具をあたえたからだ。その証拠に、最初にあらわれた男の槍には逆鉤がついている。ハイタワスは立ちあがり、通信装置のスイッチを切った。

「狩人、なぜ〝種族〟と話さない？」族長はそう質問しながらも、仲間にヴォルチャー語で命令を出す。とてもまねできない発音だ。

「きょうは連絡しない。メラルダは今晩、実験室で作業しているから」

「わかった」

こうしたかんたんなやりとり以上の意味内容を、族長は理解しているはず。だが、言葉できちんと理解しあうまでにはまだ数年かかるだろう。

原住種族たちは解体の名人だ。すばやく動物をばらばらにし、大きな塊りに切りわけている。もう肉を肩や棒でかついで運んでいる男もいる。ルルスが狩人の腕をつかみ、小声でいった。

「行こう。火と水、用意してある」

「了解だ」

狩人はライターでたいまつに火をともした。血の匂いと湯気のたつ内臓におびきよせられた動物たちを、火と騒音で追いはらう。のこった肉はわずか。切りわけた肉を運ぶ男たちの長い列が、ハイタワスの知らない道を通り、石の家に向かってつづいている。

原住種族たちは笑いさんざめき、早足で進んでいく。その列にまじり、ルルスとハイタワスも歩いた。

*

メラルダ・コイルはとびきりの美少女である。いや、正確にいえば、とびきりの〝美女〟だ。一・五Gでのトレーニングと、子供時代からヴォルチャー・プールの危険と戦わざるをえなかった環境から、成熟プロセスが劇的に加速されたから。ホワイト・ブロンドの髪と、ほっそりした肢体。すべての住人が認めるように、メラルダは双子の兄よりも抜け目なく冷酷だ。だが、ハイタワス・ボールと同じく、集落になくてはならない存在であることはたしか。ぼろぼろの宇宙船をみごとな操縦で緊急着陸させた父を持つ、という事実をぬきにしても。彼女の父親は集落で〝《カルマ》の英雄〟と呼ばれたが、すでにこの世にいない。

その娘と息子が集落を〝統治〟している。

メラルダは船内ポジトロニクス端末の前にすわり、プリントされたテキストを読もうとしていた。データに例外的にハイタワスの名が出てこないことを願ったが、そうはいかない。

ヴォルチャー・プールが全員にとって生死の鍵であるなら、その鍵を握る人物はハイタワス・ボールにまちがいないのだから。

スクリーンがちらつき、トルボーン・チェルケルがうつしだされた。

「どうだ？　なにかニュースは？」と、チェルケル。

メラルダは無言でかぶりを振った。びっしり印刷されたプラスティック・テープが端末からどんどん出てきて、バスケットに折りたたまれていく。実験室内は麻酔薬の強烈な匂いがただよっていた。

「これまでのところ、結果は同じ。分析した毒の試料数は、ぜんぶで……ちょっと待って」メラルダは数字をチェックし、またつづけて、「一万一千七百三十四。小型動物、大型動物、微細な胞子植物と虫、草、気体がはいった木の実。一万を超える試料の分析から、毒素は同じだとわかったわ。もちろん植物性成分と動物性成分は違うけれど、同じ分子下生物学の範疇でとらえられるものだから」

 チェルケルは絶望したような笑いを浮かべ、

「つまり、ヴォルチャー・プールには同じ毒を使った一万二千種類近くの武器があるということか」

「たったひとつの毒でわれわれを殺そうとしているのよ。でも、暴力リング外のある場所でハイタワス・ボールが集めた植物からは、この毒が検出されないの」

「かれの母を殺した毒だな?」

「そうよ、トルボーン!」

 実験室はかなりかたづいているほうだが、それでも荒れた感じがする。この宇宙船のほとんどの場所がそうだ。修理ロボットがたりないのである。百年というのは、修理が不可能になり、ほとんどすべての機械が摩耗するのに充分な長さだ。さいわいなことに、エネルギー発生装置はいまだに八十五パーセントの出力をたもっている。だが、《カルマ》はもうけっしてスタートできないだろう。攻撃をうけたら、自前の兵装で防衛することもむずかしい。

「それで……われわれにできることは?」

「どうやったらこのリングの毒を消せるか、精いっぱい調べることよ」

「このままのペースでやっても、二世紀か三世紀たてばなんとかなるって！」と、チェルケルが皮肉をいってから、「わかっているさ！　だれのせいでもない」

「まして、わたしのせいじゃないわ！」棘のある答えが返ってきた。「住人をそのかしてどこかべつの場所に新しい故郷を探そうなんて、相《あ》いかわらず考えているのなら、アーカイヴの参照番号を教えてあげる。同じようなこころみが過去にどれほど失敗したか、ちゃんと記録がのこっているから。その種の計画は全力で阻止するつもりよ」

チェルケルは断るしぐさをし、

「わかったよ。しばらくはそんなことを考えない」

ふたたび夜になった。船内で生活する者は多くない。ほとんどは外の小屋に住んでいる。惑星の土と、船内貨物室から持ちだした材料を使った粗末な建物だ。

「忠告したいことがあるの。しっかり調査してちょうだい。自然はすごいスピードで実験を進めているわ。ハイタワスの報告によれば、植物と動物がどんどん変異しているみたい。危険が増しているということ」と、メラルダ。

「われわれには〝なにか〟がある。この〝なにか〟が惑星の自然を怒らせているらしい」

「父もそういっていたわ。性格的なものなのかしらね」メラルダはあきらめ顔でいった。

チェルケルはにやりとして、

「たしかに……だが、ここには魅力的な住人だっている」

「ふたりいるっていいたいんでしょ」すかさず彼女がいった。「ともかく、ハイタワス・ボールには、その〝なにか〟がないのよ！」

「あるいは、自然の攻撃を無力化するなにかを持っているのかもしれない」

「でも、このごろはそれも効果がないみたいよ。攻撃される回数が増えているの。もっとも、暴力リングの内部だけだけれど！」

「そうだってな。数日前にハイタワスから聞いた」

ふたりはたがいに目の奥を探るように見つめあった。いまこの場でも、つねに調査は進んでいる。データは無数にあるが、それを支える理論がないというのが現状だ。かれらが所有しているのは、堀と柵とプロジェクター兵器だけ。集落の住人は二世紀めを生きぬくことができないかもしれない。メラルダはその不安にはげしく抵抗した。彼女の行動のエネルギー源は、生きぬこうという強い意志なのである。

「それで……？」と、メラルダ。

チェルケルはもじゃもじゃの眉を吊りあげ、額のあばたをひっかきながら、

「われわれ、なにができるだろうか？」

「まずはハイタワスがもどってくるかどうか、もどるとすればいつなのか、ようすをみないと」

「かれがもどってこない可能性もありうると？」

「そのことを」と、鋭い口調で、「あなたと話しあうつもりは毛頭ないわ！」

「きみの優しさと魅力には、いつもうっとりさせられるよ」大男はそう皮肉をいって、スイッチを切った。

3

ルルスたちの石の家は、ぎざぎざの巨大な軽石でできていた。ねじれた円錐形で、先端は棘のように尖った不思議なかたちだ。底部は円形劇場のようになっている。この石は火山活動の産物なのだ。家の南側と北側は沼地で、東には草地が帯状に伸び、西には巨大な木が数本あって、そこから森がはじまる。下で焚き火をしているらしく、やわらかい石をうがった穴や突出部からちいさな炎が見えた。ルルスは全部で三百名の原住種族のリーダーで、命令を出す立場だ。

焚き火の上で焼き串が回転している。獲物は皮をはぎ、切りわけられた。灰と乾いた煙と各種香辛料の匂いがする。この場所にはいろいろな利点があるが、とくに重要なのは生活にかかわるふたつのポイントだ。若い惑星の地底深くから湧きでる熱い鉱泉と、円形劇場の向こう側にある天然の冷たく澄んだ水源である。コイル集落の狩人は石の桶で心ゆくまで風呂につかり、原住種族の子供や未成年者たちの好奇の的になった。いま、ハイタワスはルルスとならんでいちばん下の突出部の縁にすわり、作業中の原住種族たちを見ている。

「平穏な風景だ。だが、すっかりくつろいでしまっては危険だな。このままだと警戒心を失いそうだ」ハイタワスが小声でいった。

つづけて、心のなかで独白する……呪われたジャングル惑星から脱出しなければ！　いまに惑星はわれわれ全員を、動植物もろとも殺してしまう！

「狩人、おちつけ。太陽が出るまで、安全だから。ゆっくり寝るといい……ルルスの仲間たちと同じに」と、族長。

この雰囲気のなかで、原住種族たちはいままでにないほど友好的だった。あす、日の出直後に手助けをしてくれるだろう。三トンということは、住人ひとりに千グラムの新鮮な肉が手にはいったわけだ。さらに、果物をいれた籠が数えきれないほどある。ハイタワスはうしろにもたれかかり、思案顔でいった。

「そうできればいいのだが。夜が明ければ、また戦いがはじまる」

一瞬、メラルダのことを考える。それから、自分が二倍の重力下で訓練したばかりでなく、《カルマ》の制御装置のシミュレーション・トレーニングもうけたことを思いだした。理論上はあのおんぼろ船の離着陸もできるはず。だが、自分のいいなりになる宇宙船などあるだろうか？

「狩人、戦いのこと考えるな。食べて、寝る。あすになれば、大丈夫。わかった？」

した。


「わかった」と、ハイタワス。

「狩人、若い。賢者になるの、まだ早い」ルルスはそういって、長い指をぱちんと鳴らした。

「わたしは三五六〇年の六月十六日に生まれた。二十六歳だ。母は出産時に死んだらしい。正確にはわたしを産んだ直後だが」と、狩人。木と蔓植物でつくった原始的なシートにすわり、そのうしろのたいらな石に装備をきちんと置いた。さらに言葉を継いで、

「賢者になるなんて、もともと無理な話さ」

「何日も待つ。たくさん経験する。負けることもある。そしたら狩人、賢者になる」ルルスはしずかにいった。「でもいまはいっぱい食べ、ぐっすり眠る。わかった？」

「さいわい」と、ハイタワスは苦笑して、「いまできることはそれしかないからな」

大きなクルミの殻を器がわりにして、鉱泉水が運ばれてきた。よく洗った葉につつんである、脂ののった焼きたての肉。若い娘が粗塩の容器を持ってくる。これからはルルスたちへの贈り物をもっと高価なものにしないと、つりあわないかもしれない……と、ハイタワスはひとり考えた。かれらは黙って果物と焼き肉を食べる。狩人は心地よい眠気に襲われ、族長のひろびろとした洞窟ですぐに眠りに落ちた。

＊

沼地と熱帯雨林よりさらに奥にあたる北部で火山が爆発し、黒い煙が大気圏に噴きだした。すでに地面が何回も震動したが、運搬人たちは平然としている。

ハイタワス・ボールは族長の横に立ち、数珠《じゅず》つながりになった運搬人を見おろした。肉と果物を、巨大な宇宙船のシルエットがある西方へと運んでいるのだ。

「うまくいってるか、狩人？」

「いつもどおりに順調だ、ルルス。きみの親切にこたえたい。これからわたしの仲間に連絡し、歓迎の準備をするように伝えよう」

「ルルス、わかった。じゃ、行くか？」

「ちょっと待て」

筋骨たくましい大男の狩人は、片腕を曲げてミニカムのスイッチをいれた。数秒後、通信ステーションの若い男が応答する。

「こちら狩人、ハイタワス・ボールだ。原住種族数百名と数トンの食糧を持っていく。いつものように手はずをととのえ、われわれを迎えてほしい。東の門につくから。いいな？」

「了解」スピーカーから声がした。「すぐにメラルダ・コイルに報告する」

「一時間ほどでつく。折りかえし、連絡をくれ」

通信係が興奮気味にたずねる。

「原住種族も攻撃されたのか？　きみは大丈夫か、狩人？　ジャングルはどう反応した？」

「惨憺たるものだよ。以上」ハイタワスはスイッチを切って、ルルスに合図。族長は槍をとると、狩人につづいてすりへった軽石の階段を降りる。ふたりは運搬人たちに合流し、毛皮と屑肉のあいだで作業している女たちに手を振った。

ハイタワスは武器を握ったまま、樹冠と森の縁を慎重にうかがう。数百羽もの鳥と虫の大群。サルがうなり声をあげながら枝から枝へと移動し、族長と狩人を見て白い歯をむきだす。

ふたたび雲があらわれた。日の出から半時間が経過している。葉と枝から大きな滴がしたたり、ジャングルは無数の花の強烈な匂いに満たされた。

運搬人たちの出す音でほとんどの動物は逃げだすが、同時に、新鮮な湿った肉の匂いにひきよせられて肉食獣がくる。ハイタワスの武器からしばしば短い発射音がとどろき、木々の枝をひきさいて、草地と藪を帯状に焦がした。原住種族の動きはすばやい。ジャングルを知りぬいているのだ。

「狩人、恐い？」族長が列の反対側から声をかける。

「ああ。暴力リングはいずれわたしを殺すだろう。まだ知らない敵がきっとあらわれる。新種の植物か、変異した動物か……」

「ルルス、信じない、カー！」

「きみはわたしのむごい死体を発見することになるかもしれない」ハイタワスが暗い声でいった。一同のいるゾーンは、まだ暴力リングの影響はおよばないものの、安全とはいえない。列の先頭はすでにリングに接近している。ハイタワスは足を速め、意味がわからない冗談を投げかける男たちのわきを通りすぎた。突然、列の後方で森に雷が落ち、雷鳴が一同を縮みあがらせた。雨はまだだが、むっとする熱気だ。ヒョウのような動物二頭が運搬人の列に突進してくる。狩人は立ちどまった。

武器を出し、男たちの頭ごしに狙いをさだめると、猛獣の足もとの濡れた草に二発、発射。その瞬間、四十メートルもはなれていない場所で、燃焼した物質が高く巻きあげられ、白い柱が二本できた。獣たちは一目散に森に逃げこむ。

ハイタワスは黙って周囲を監視し、荷がずれた運搬人を助け、若い女に襲いかかろうとする上空の恐鳥に発射し、目の前に倒れている肉食サルのからだから族長の槍をぬきとった。汗もぬぐわずに、森の縁にそって走る。ようやく列の先頭に追いつくと、ちいさなサヴァンナの向こう側に細長い湿原帯がつづいているのが見えた。キャラバンのリーダーであるルルスが、

「わたし、道、探す。泥沼、歩けない」

ハイタワスは笑ってうなずいた。原住種族は安全な道をよく知っている。男数名を先

に行かせてから、列にくわわった。ぶくぶくと泡だち悪臭をはなつ泥のなかに、枯れ枝と石と乾燥した平面でできた道があるのだ。それを探りつつ、族長たちは長い列になって沼を横ぎっていく。

と、土砂《どしゃ》降《ぶ》りの雨になり、巨大な滝のような轟音《ごうおん》が聞こえてきた。数秒でびしょぬれになる。ハイタワスは《カルマ》にあるしずかな自分のキャビンがなつかしくなった。

近くの森林の向こう側に、湾曲した宇宙船の船体が見えてきた。輝く金属外被に降りそそぐ雨水は、集めて浄化され、飲料水に使われる。高さ千メートル、丘のようなテルコニット鋼の球体は周囲を圧していた。

暴力リングの東側にそって鎌のようなかたちで伸びている、砂利と砂と灌木の平地に行きついたとき、ハイタワスは立ちどまった。いつもの気分がよみがえる。すばやく周囲を見まわした。いたるところで木の葉や幹や草が小きざみに揺れて息づいているが、危険を感じさせるものはなにひとつない。それでも、恐怖と冷静な決意がいりまじった複雑な気分だ。

一頭の半分か四分の一にあたるような大きな肉の塊りを肩にかついだ男数名が、ハイタワスのわきを通過していく。だが、狩人は武器を右手に持ち、その場を動かない。銃身を真上に向け、黒い手袋のひとさし指は発射ボタンにかけたまま。なにかを待っているのだ。それがなにかはわからないが。

植物繊維で編んだ大きな網を木の棒に吊りさげ、男たちが獲物を運んでいく。下を向いたハイタワスはぎくりとした。ブーツの靴底の下で草の茎が放射状に伸び、かすかに震えている。知らないうちに、また暴力リングに足を踏みいれていたのだ。だが、植物はかれの免疫のオーラの前にひきさがった。

前方で長く鋭い鳴き声がした。灌木のあいだから、目にもとまらぬスピードで黒く大きな獣があらわれ、ハイタワスに向かって猛然と突進してくる。とっさに見えたのは、蹄《ひづめ》と四肢、巨大なふたつの目、先端が針のように尖った角のみ。運搬人数名が叫び、ちりぢりになって逃げまどう。狩人は武器をかまえ、二回発射した。

森の縁との距離は四十メートル弱で、すでにその半分まできている。獣は頭を垂れた。武器から白い閃光がうなりをあげ、角質か骨でできた厚い層に命中。黒い毛皮が焦げる。しかし、命中弾すら決定的な効果がない。

「狩人！　よけろ！」族長が甲高い声でいって槍を投げたが、獣の角にはねかえされ、地面に落ちた。

ハイタワスは驚愕をおさえ、ブラスターの銃身をさげて前脚を狙う。獣は十メートルの距離まで接近してきて、ふたたび大声で吠えた。角のあいだからあがる炎と黒煙が頭部をおおっているが、びくともしない。大型武器がふたたび咆哮《ほうこう》。放射は揺らめきながら水平に空中をはしり、獣の両前脚を膝関節のすぐ上で切断した。ハイタワスは左にジャンプし、よろめきながら草のなかにもんどりうつ。草が道をあけた。気づかなかったが、猛毒を持つマムシ数匹が四方に逃げていく。狩人ははげしく転倒しても武器をはなさず、あらたな攻撃者にそなえることを忘れない。横になったまま、もう一度、発射。一発が獣の前肢関節のうしろにあたった。ふつう、肩甲部への命中弾は死を意味するが、獣はまだ走っている。ぎごちなくジャンプして、がっしりしたうしろ脚だけで進み、右すみで向きを変え、またかかってきた。黒い怪物の喉から吠え声があがる。この地に生まれた原住種族ですら仰天するような声だ。だが、族長は経験豊かな戦士ならではのおちつきをたもっている。七メートルか八メートルの距離から投げた槍が、にぶい音をたてて獣の太い頸に深くつきささった。

ハイタワスから三歩のところで、巨体は倒れた。裂けた喉から血があふれだす。角のあいだの毛皮は焼けこげていた。最後にうしろ脚で蹴ったのだろう、かたい地面が掘りおこされ、深い溝が二本できている。狩人は大きく息を吐いて、武器をおろした。槍の柄《え》がまだゆさゆさと揺れている。

「思ったとおりだ！」ハイタワスはうなり、両目をかたくつぶる。ヴォルチャー・プールがまた進化して、宣戦布告してきた。死をまぬがれたのは、たんに偶然が重なったからにすぎない。族長が息を切らしながら近づき、狩人の腕に手をかけていった。

「ひどい狩りだった。われわれ、あいつをしとめた、カー？」

「恐ろしい狩りだ、友よ。この怪物を前に見たことがあるか？」

「ない」

「惑星にいるのはこの一頭だけではない。こいつの仲間たちにも注意しなければ」

ルルスは大声で命令を出した。運搬人たちは荷物をふたたびかつぎ、先を急ぐ。だが、かれらの顔には明らかに不安の表情がある。ハイタワスは自分と惑星と宇宙船を呪った。原住種族が好きだから、自分のせいでかれらを恐がらせたことが耐えがたい。〝新種〟動物の恐ろしい頭蓋をじっと見た。角ばって、黒く、重量感がある。毛皮と角質と骨からなるしっかりしたスポンジ構造で全身が装甲されていた。まるい鼻の上と、ちいさなまるい両耳の前に、上下に振動する長い角がそれぞれ三本ずつ。どれも長さは七十センチ以上ある。死後反射でどこかの内臓器官が分泌液を出しているらしく、ちいさな開口部から液が微量ずつにじみだして滴となり、地面にしたたった。草の茎がそれに触れると、音をたてて縮み、白から黄、最後に暗褐色に変わる。

「角に毒がある。こいつの頭、とても危険、狩人！」族長はそういうと、角がとどかない場所に刺さった槍をひっぱってはずした。運搬人のキャラバンはなにごともなかったように進んでいく。だが、狩人はすぐにその印象を修正した。かれらの足どりが速くなっている。異人を助けようと思ってのことではなく、恐怖にかられて行動しているのは明らか。それでもとにかく、肉と果物は、門と堀と橋がある地点までぶじに到着するだろう。

「頭はハリネズミのようだ。角の先端はあらゆる方向に向いている。憎悪の塊りみたいなこいつは、わたしを殺戮する道具以外のなにものでもない。こいつの仲間にまた出会うかもしれないな。きみたちには申しわけないが、ルルス」

「気にしない。われわれ、みな猟師。わかった？」

ハイタワスは友情をおおげさに表現するたちではない。だが、いまはごく自然に腕を友の肩にまわし、強くひきよせた。

「ありがとう、ルルス。わたしはひどい狩人だ。それに、きみの惑星はわたしをはげしく嫌っている」

「ひどくない。狩人、まだ生きてる。だから、いい狩人」

ハイタワスは高笑いした。見せかけの哄笑《こうしょう》である。緊張が解けたのはたしかだが、笑いでおのれを解放しようとしたのだ。死と隣りあわせだったことは自分がいちばんよく知っている。かれは族長に目で合図し、銃身で巨大な宇宙船をしめした。

「もうすこしだ。さ、行こう！　早くかたづけてしまおう」

《カルマ》の静寂のなかにもどることができたなら、この二月五日は自分を大人にさせた重要な日だと銘記しよう。ハイタワス・ボールは船内図書館にあるすべての資料を、一行一行にいたるまで知りつくしている。だが、その知識と教養は外では役にたたない。

体力と狩人としての適性は、かれ自身と集落のために役だっているが。

「狩人、もういわなくていい、カー！　森、わからないことだらけ。異人を苦しめる。わかった？」族長のなんとも形容しがたい声がした。ハイタワスはルルスの心配そうな視線を感じ、

「わたしは知識が豊富だが、なんでも知っているわけではない。だが、ルルス、きみの惑星はわれわれ全員を殺そうと決めたようだ。たぶん、そのとおりになるだろう」

先頭の運搬人たちはさまざまなゾーンをぶじ通過。族長と狩人はふたたび移動を開始し、ついに長い列の先頭に追いついた。いりくんだ灌木の向こうに、コイル集落を包囲するステンレス・ワイヤーでできた高い柵が見えてきた。

「くよくよしない。また、狩りに行こう。カー？」

族長がいいおえたとたん、大きな音がとどろく。重ブラスターの発射音だ。なぜ武器が使われたのか、ハイタワスが思いつく理由はただひとつ。

ヴォルチャー・プールがふたたび集落を攻撃してきたのだ！

「急げ！」と、ルルスをせきたてる。「門のところまで行かないと。暴力リングは集落を襲撃するつもりだ」

「わかった」と、ルルス。

ハイタワス・ボールはまた走りはじめた。運搬人の列にそって駆けぬけ、ふたつめの

武器をとりだす。前方の騒音は大きくなるばかりだ。発射音、悲鳴、電気放電の音、風を切るしゅっという音、がなりたてる宇宙船のスピーカー。

暴力リングの二十三回めの攻撃を、ハイタワス・ボールは直接に体験している。仲間たちと協力し、酸と熱と分子破壊銃で惑星に抗戦したもの。今回は二十四回めになる。攻撃は回を重ねるごとに熾烈になっているから、こんどはいままでいちばん危険であることは想像にかたくない。さらに速度をあげた狩人は、橋とリングのあいだにある道が踏みあらされているのを発見。柵と〝焼き土〟ゾーンから五十メートルもはなれていない場所で、運搬人たちが立ちつくしている。惑星が侵入者を殲滅するさまをはじめて見たのだ。

原住種族は戦闘があったことをすぐに理解した。だが、戦いのルールも理由もわからないまま、地獄の光景に立ちすくむばかりだ。

＊

ハイタワスは停止し、全速力で通りすぎようとしている族長を捕まえた。

「本当に危険になったら、きみに助けをたのむ、族長。約束してくれるか？」

「族長、よく見てる。ルルス、友を助ける。カー！」

「ありがとう。わたしもこれから友のために戦わなければならない」

左右の視界が開けると、暴力リングが集落を破壊しようと総力戦をしかけてきたのがわかった。あらゆる種類とサイズの動植物が一致団結して攻撃している。無数の小型動物が、高電圧のかかった柵に向かって猛然とジャンプしては感電し、痙攣して煙を出す死骸の山がどんどん大きく高くなっていく。あちこちでちいさな悲鳴と口笛のような音がまじってすさまじい騒音となる。狩人の全身に鳥肌が立った。だが、数秒だけためらったのち、自分のすべきことを理解する。ハイタワスは門に走りより、二挺の武器を間断なく発射した。

柵にそって、幅十二メートルの〝焼き土〟ゾーンが帯状につづいている。防衛システムの一部で、侵入する植物をここでシャットアウトするのだ。ブラスターで焼いて滅菌した砂利にプラスティック・チューブを通し、そこからしたたりおちる高濃度の酸が植物を一瞬で殺す。また、一定の間隔で電気フィールドをつくりだし、金属部分に電気を流して感電させるしくみもあった。この、生物学者と攻撃術専門家の知識を総動員したゾーンは、侵入した植物を生かしておかないようになっている。

だが、いま、その状況が劇的に変化したらしい。

ハイタワスは恐怖でぞっとしながら、巨大な根が砂利と砂を押しのけるのを見た。太い根の直径は人間の胴体ほどもあり、ヘビのように動いている。電気も高濃度の酸も効果がない。

ハイタワスは全力で柵にそって走り、休みなく武器から火炎を放射する。根の瘤《こぶ》が灰と化し、小枝や繊毛は動きをとめた。乾いた木肌に火が音をたてて燃えひろがる。森から侵入してきた根は、生物のように身をくねらせてから硬直した。狩人の銃が命中したため、導管が切れて水分がたちまち蒸発したのである。

「信じられない！　なんという惑星だ！」ハイタワスはそう叫んで、おのれを奮いたたせようとこころみる。

その場に立ったまま、ブラスター二挺で地面のあらゆる方向に猛攻をくわえた。二百五十メートル以上もあるゾーンで、根の猛攻撃を食いとめているのは狩人ひとり。根はここから地中深く掘り進み、柵の支柱にからみついてひきぬこうというつもりらしい。

ハイタワスが外から集落を防衛するあいだに、小動物の数はどんどん増えていった。沼地、森、草地などから、数えきれないほど集まり、しゃにむに柵に突進する。煙をあげて痙攣する仲間の死骸の山を越えては、柵のワイヤーに嚙みつく。その歯がプラスティック絶縁板の下の金属部に触れたとたん、アーク放電による火炎爆風でたちまち死んでいくのだが。

焼けこげた死骸の壁は高くなる一方だ。断末魔の叫びと、毛皮と骨が燃える悪臭は、耐えがたいものになっている。

宇宙船のハッチから、ドナール・ウェルツが大型兵器を発射する。プロジェクター兵器は鋼の支柱数本でエアロックの枠にとりつけられていた。死の砲撃が一定の間隔で根や砂利、小型動物を襲う。命中弾が積みかさなった死体を直撃し、残骸が四方に飛びちる。

無限軌道車の砲架にとりつけたプロジェクター兵器のシートには、トルボーン・チェルケルがすわっていた。車輛は轟音をたてて柵にそって進み、前線のはしに達すると方向転換する。プロジェクターの砲口がうなりをあげてビームを発射。柵の向こうにある酸の堀が沸きたった。柵と堀の上方では虫の大群で空気がグレイになっている。数十億の生物の群れが防御バリアを突破しようとしているのだ。

グリーンやブルーに光るヴォルチャー・プール土着のハチ、鉤爪を持つ飛翔昆虫、蚊、病原菌を運ぶハエ、夜行性の小型爬虫類、くちばしの尖った鳥、肉食の大型爬虫類……それらが巨大な群れとなり、上へ上へとらせん状に上昇してシリンダー型のバリアをつきやぶろうとする。そうやって数万は死んでいくが、後続が際限なくつづく。

柵と〝焼き土〟ゾーンのあいだには、集落の周囲をめぐるように、幅四メートル、深さ六メートルの堀が伸びていた。

堀のなかには三十万リットルの無機酸。この液体を高濃度にたもつため、宇宙船内では大型機械が休みなく作動している。異物を濾過して純度百パーセントの酸を堀にもどすのだ。無数の虫と小型動物がこのなかで溶けていく。刺すような臭気と気化した液体が宇宙船と荒れ地のあいだをただよい、それがまた大小の攻撃者をしりぞける。

トルボーン・チェルケルは橋の手前で無限軌道車をとめ、マイクロフォンをつかんだ。増幅された声が混沌のなかでとどろく。

「きみが見えたぞ、ボール。あと数分で橋をおろすからな」

ハイタワスは立ちどまり、自分の位置を確認してから腕をあげ、

「食糧を守らなければ。急いでくれ！」

チェルケルは後方に向かって、

「特務コマンドは橋へ。荷車を運べ！　コイル兄妹、そこにいるのが見えてるぞ！　恋人を助けるんだ、メラルダ！」と、豪傑笑いをしながら、どなりちらす。

メラルダがどう反応したか、ハイタワスからはわからなかった。荷車が多数、宇宙船の下極エアロックと門のあいだのひろい道に集まっているのが見えただけ。振りかえってうしろを見ると、原住種族の友がすぐ近くにいて、運搬人の長い列は彫刻のように静止していた。

チェルケルの提案は危険だが、理にかなっている。

〝橋〟といっても、鋼の支柱二本に固定されたテルコニット鋼ザイルが、幅三メートル、長さ四十メートルの金属プレートを上から支えているだけの単純な構造だ。柵と堀の上を通行できるようにプレートをおろすと、ザイルがぴんとはる。

わずかの時間、人々の動きを見ていた狩人は、チェルケルがプロジェクターを急旋回させ、森の縁と沼地に向けて猛然と攻撃を開始したのに気づいた。自殺行為のような攻撃をしかけてくるなにかあると警戒してハイタワスは振りむく。

小型動物のことは、すでに念頭にない。

森から黒い巨大動物の大群が接近してくる。地響きをあげて突進する四肢、光る角、蹄。踏みつけられた草と土と泥水がはねかえる。すくなくとも百頭はいるだろう。さっきルルスと殺したのは群れの一頭だったのだ。この突然変異した動物の群れが、門の方角をめざしているのは明らか。

空がみるみる暗くなる。

「ルルス！」

叫びながら、狩人は攻撃を開始した。この獰猛な動物のからだでもっとも強固に保護されているのは頭部だ。そこで、上半身に狙いをさだめた。五頭ほどがふらついてもんどりうち、それを踏みつけて後続の動物がやってくる。

「わたし、ここ。狩人、呼んだか？」ルルスがうしろで叫ぶ。狩人はすばやく振りかえり、柵のあいた部分と、柵と高圧電線で守られたひろい場所をしめし、

「仲間にいうんだ！　荷物を荷車に投げ、逃げろ。角の動物はわれわれが退治するから」

「わかった！」

狩人は休みなく発射する。楔型《くさびがた》になって突進してくる百頭あまりの動物を迎え撃つのは、かれだけではない。宇宙船の開口部には痩せぎすウェルツがいた。大型兵器からなめ下方向にビームがとどろき、疾駆する黒い大群を狙う。

ヴォルチャー・プールは、ごくわずかな成功のために数千頭を犠牲にしたことになる。だが、堀と柵を越えたのが全体の四分の一にすぎないとしても、そこから突破口が開けるのだ。この有毒な角を持つ獣だけでなく、虫も肉食爬虫類もなかに侵入し、人間を殺戮できるということ。

〝考える惑星〟！

常人の理解を超える恐ろしいイメージだ。テレパスのような能力を持ち、知性体のように行動する自然が存在するとは！

黒いからだと光る角の楔型編隊が近づくにつれ、ウェルツとハイタワスの攻撃もはげしさを増した。恒星が雲のかげにかくれ、遠くの雷鳴が数百の足音とまじりあう。一瞬、稲妻があたりを照らし、雨粒が落ちてきた。ふたたび地面が震動。火山が巻きあげる竜巻のような噴煙が低く垂れこめた黒い雲にかくれ、見えなくなる。一両めの荷車が橋に近づいてとまった。

黒い巨大動物は門のほうではなく、集落の建物があるあたりの堀をめざしている。ハイタワスははげしく降る雨粒のあいだを縫って発射。撃たれた動物はやわらかいぬかるみに倒れ、それを後続の動物が踏みつけていく。突然、ルルスが大群に向かって走りはじめた。走りながらも次々に槍を投げ、すべて命中させる。

運搬人たちは巨大な金属プレートの近くに集まった。はげしい雨で視界が悪いにもかかわらず、宇宙船の貨物室ハッチからも援護射撃がつづく。

ハイタワスがこれまで経験したなかで、もっともはげしい攻撃だ。猛りくるう動物がつくる楔型は、先端がさらに尖ったかたちになり、多数の仲間が死んでもとまる気配を見せない。狂気の大集団だ。住人たちは家の屋根にあがって、攻撃を開始。シリンダー型の防御バリアに構造亀裂が生じ、ここを通ってビームが放射される。

ルルスがもどってきた。手持ちの槍を使いはたしてしまったのだ。ハイタワスと族長の横を、最後の三、四十頭が騒々しく通りすぎていく。狩人は叫んだ。

「やり方がわかるか？　わたしの武器を使えるか？」

「ルルス、使える。わたせ」

ハイタワスは原住種族にエネルギー弾倉を装塡した武器を投げ、先頭の獣のうしろにいる三頭に発射した。集落からの集中射撃をうけ、多数が悲鳴とともに倒れる。前線の巨大動物は酸の堀の手前で倒れてもんどりうち、不気味な音をたてる黒い液のなかに転落。酸が沸騰し、大小の動物が溶けていく。ドナール・ウェルツの大型兵器がふたたび咆哮する。狩人は動物の群れの生きのこりに向かって走った。いたるところに水たまりができ、集落で落雷が発生する。

動物たちがまた集まってきた。

住人数十名が団結し、敵の最後の攻撃をはねかえす。手負いの獣が群れからはなれ、頭を低くしてルルスとハイタワスに突進してきた。

原住種族が狩人に理解できない言葉でなにか叫ぶ。

ふたりは武器をとり、狙いをさだめて発射。狩人は獣の粗暴さに驚いた。半死半生の獣は憎悪をたぎらせ、全力で突進してくる。死を前にした動物の強い衝動が、ひとつひとつの細胞にあふれているようだ。

ルルスと狩人がその獣の両脚を撃ち、わきに跳びのきながらとどめの一発を見舞っている最中に、ほかの二頭が群れからはなれ、二方向から襲ってきた。

一頭めをしとめたのはルルスだった。その一発は獣の頭部をふたつに切断するほど。だが、死の苦しみのなか、獣は毒のある角でハイタワスをつこうとする。狩人は最後の瞬間にジャンプし、水たまりに逃れた。さらにもう一頭の目を撃ちぬき、次の一頭は背骨を切断。こうして戦いはひとまず終わった。

柵の三分の二にわたる範囲で、鬱蒼とした森とのあいだの地面が、大型動物数百頭、小型動物数千匹の死骸におおわれている。また稲妻が光り、荒々しい雷鳴が何回もつづいた。

宇宙船のサイレンがうなる。合図だ。

狩人はゆっくりとからだの向きを変える。

「橋だ！　きみの仲間のところへ、ルルス！」

ふたりは動きだした。大気も戦いをやめたらしい。雨は弱まり、遠方の雷鳴もしだいに消えていく。赤色恒星がジャングルの梢の上にゆっくりとあらわれ、あらゆる方向から霧がふたたびたちこめる。

狩人は跳ね橋の橋台になっているベトン斜路の近くでとまった。大男チェルケルにひきいられて荷車の作業をしている男女の一団がはっきり見える。橋がぎしぎしと音をたてて動く。ハイタワスはベルトの防水ポケットからエネルギー弾倉を三つとりだし、

「ルルス！　これをきみたちのために使ってくれ」と、いった。原住種族は一秒ほど動揺してかれを見つめ、それから理解したらしく、

「狩人、いい友。これ、秘密の火炎カタパルト？」

「そのとおり。この武器が作動するかぎり、きみはこの惑星の皇帝だ。次の狩りで使い方を教えるから。それまでとっておいてくれ、いいな？」

ルルスは地面を見て考えこみ、こういった。

「朝も昼も、われわれ、肉と果物をたくさん持ってくる。カー？」

「すばらしい。ありがとう」

金属プレートがさがり、音をたてて橋台とつながった。双手武器を持った男三十名が跳びだし、橋の両側に散開する。原住種族のあいだを縫うようにして、集落の前面に半円状にならんだ。武器のプロジェクターは放射線状に外に向けられている。しかし、もう虫の大群すら見えない。

大男チェルケルがトラクターで一両めの荷車を牽引し、橋をわたってやってくる。荷車は宇宙船の部品と木材で細工したかんたんな構造だ。原住種族たちも活動を開始し、大急ぎで荷をおろしている。

数分後、ハイタワス・ボールは原住種族の友のほうを見た。猟師らは自分たちだけで首尾よく作業している。だが、族長がひとつひとつの動きをきちんと監督しているのを、狩人は見逃さなかった。

「わたしはなかにはいる。三日後に、また岩のところで会おう、友よ」

ルルスは同意し、

「恒星、三回昇る。そしたら、また狩りに行く。カー！」

「カー！」

ふたりは相手の手首をしっかり握りあって挨拶した。ハイタワスは武器を胸のベルトのホルスターにもどす。荷を満載にした一両めの荷車がチェルケルのトラクターにひかれて集落にはいっていき、男たちが二両めの荷車を運びだしてきた。微笑したりうなずいたりして、挨拶してくる。ハイタワスは荷車の横を過ぎて橋をわたった。堀からあがってくるむっとする酸の臭気を嗅いだとき、地面に怪しげな窪みがあるのを発見。木の根が堀の下の土を掘りすすんで伸び、柵の支柱に近づいているではないか。ハイタワスはため息をつき、武器をとりだした。

酸の結晶で変色している石に、一度だけ発射する。

石の下で、突然ヘビのようなものが動いた。破壊的な熱が根の物質代謝を刺激し、振動させる。根の先端が砂利のあいだからせりだしてきた。狩人はふたたび発射。男たちが振りかえって、それを見る。長い根が砂利から顔を出し、動かなくなった。住人たちも加勢して、地面から次々にあらわれる根を焼ききるが、やればやるほど出てくる根の数は増えるばかりだ。

協力する住人が増えたのを確認してから、ハイタワスは先に進む。橋をわたっていると、宇宙船の部品を溶接しただけのかんたんなトラクターを操縦して、チェルケルがやってきた。横ではメラルダが簡素なステップに立ち、支えにしがみついている。

チェルケルは減速し、よく通る低い声で、

「大丈夫か、ちび？」

「大丈夫なもんか。でも、しばらくはステーキがたっぷり食べられるよ。そっちはどうだった？」

メラルダが意味深長な視線でハイタワスをじっと見つめ、

「また通信を傍受したわ。あとで会えるわね。生物学者があなたに用があるみたいよ、ハイ！」

数すくない友は、狩人を〝ハイ〟と呼んでいる。

「先にやることがあるんだ」ハイタワスはそう答えたが、急に疲れを感じていた。「じゃ、また」

メラルダが軽く手をあげ、トラクターはきしみながら進んでいった。半自動式連結装置で、生肉を満載した二両めの荷車を牽引している。

この作業は手伝わなくても大丈夫だ。ハイタワスは宇宙船の船体に守られるようにして環状にひろがる集落をぬけ、斜路に向かう。斜路は百年近くここにあり、すでに陥没していた。宇宙船内では徹底してエネルギーが節約されている。反重力リフトは上下方向にそれぞれ一基が作動するのみ。

キャビンがある階層にくると、静寂がかれをつつみこんだ。かつての倉庫に通じるハッチを押しあける。外が見える窓のある部屋だ。部屋のまんなかに立って、ぶじに帰還できたと実感する。ようやく家にもどってきたのだ。

4

父のことは知らない。まだ生きているだれかが父なのかもしれない。ハイタワスはそれを知らないし、興味もなかった。どのみち、これまでの半生は驚くべき出来ごとの連鎖で、この先も似たような展開になるにちがいない。

ちいさなトビヘビが攻撃してきた話は聞かされている。そのトビヘビが母親の循環器系に微量の毒を分泌したのだ。自分が惑星ヴォルチャー・プールに対して免疫を持っているのはそのせいだろう。母親の死についても、伝え聞いている。

ハイタワスを産む前、母タッサ・ボールのからだに、ある植物の有毒な棘が刺さった。母はそれからしばらくは生きていて、出産間近のからだで宇宙船にやっとのことでもどり、医師のもとに行った。出産そのものはうまくいったが、タッサは死んでしまった。赤ん坊は驚くほど健康で、集落の住人の手で同年配の子供たちとともに育てられた。

ある程度の年齢になると、ハイタワス・ボールはトレーニングにも参加した。シミュレーターによる訓練は二十六年前から住人の義務になっている。この装置ではトレーニングの一環として、あらゆる動植物のプロジェクションを一・五倍の重力下で体験できる。住人にあらゆるサヴァイヴァル技術を教えるのが目的だ。

ある日のこと、住人グループにまじって集落から出たハイタワスは、自分には免疫があると気づく。

一同はいきなりひどい攻撃をうけた。だが、暴力リングの猛攻がグループの若い男に集中し、犠牲者二名が出たというのに、ハイタワスには植物も動物も道をあけたのだ。免疫を保持しているとわかってから、何回もテストをうけたが、結果は同じだった。十一歳のときである。

もちろん、その後もテストはくりかえされた。避難惑星の過酷な自然のもとで三千名が生きぬくために必須の力が、ハイタワスにはそなわっていたのだ。細胞ひとつひとつまで、専門的かつ徹底的な検査が実施される。

だが、なにひとつ発見できなかった。

謎は解けず、抗体を持つのはかれひとりのまま。ハイタワスは一種の超人、生物学上の奇蹟とされた。分別があり偏見にとらわれない人々すら、特別視する始末。

ハイタワス・ボールは人とは違う、危険な謎の存在となった。

もちろん、仲間はずれにされたわけではない。

だが……

猜疑心《さいぎしん》と、つねに関心の的であるという意識が、かれを変えた。教養や訓練をなおざりにしたわけではないが、自分の世界に閉じこもりがちになったのである。それでも、同年代の仲間うちではもっとも賢い男のひとりだった。友とは違って二Gのシミュレーターで訓練したので、だれよりも動きが速く敏捷《びんしょう》で、体力も能力もある。保護された集落から出て自然のなかに頻繁に出かけているため、理解力と観察力もとぎすまされている。冷静さとおちつきも身につけた。危機的な状況にあっても、訓練でたたきこまれた自制心がおのれを助けてくれる。異常な事態に遭遇したときだけは、冷酷かつ残忍で、最良の友でも理解しがたい状態になるが。そうなったハイタワスを恐れないのはメラルダと、かれが模範と仰ぐ男チェルケルくらいのものだ。

こうしてハイタワス・ボールは成長した。

自分の人生が二十六年で早くも袋小路に迷いこむことを危惧している。ほかのことがしたい。もっと大きな望みがあるのだ。それには、この惑星を出ること。

ハイタワス・ボールはヴォルチャー・プールを憎み、ここにいることを自分に強いるすべての状況を憎んでいた。

＊

ハイタワスはまず服を脱ぎ、装備をすみずみまでていねいに手いれした。それからシュナップスをグラスに注ぎ、シャワーを二十分浴びる。快適な服を身につけて、窓のそばに立った。

手にグラスを持ったまま、じっと下を見おろす。疲れきっていた。下では人々が果物と野菜でいっぱいの最後の籠を積みこんでいるところ。

「やるべきことはやった。だが、族長に武器を贈ったとののしられるだろう。やれやれ」と、つぶやく。

かつての倉庫は三十平方メートルのひろさ。壁プレートを一枚とりはずし、隣接するキャビンの浴室とトイレとちいさなキッチンにはいれるようにしてある。本来の使用目的とは違うが、食堂の防音パネルを持ってきて床に敷いた。濃いブルーのカーペットの上には円形の厚いマットが数枚ある。族長の妻たちからのプレゼントで、惑星の草を煮てやわらかくして編んだものだ。その上には椅子、ベッド、テルコニット鋼の書きもの用プレート。傾斜している壁にはカラフルなポスターと、拡大した写真。ガラス製フレームがないので、写真は無色のラッカーで貼りつけている。

ここがハイタワス・ボールの世界だ。

内向的な雰囲気だが、彩り豊かでいきいきしていて居心地がいい。最大サイズのインターカム・スクリーン、複数のランプと天井照明、つくりつけの戸棚は、荒廃した宇宙船のなかで工夫してようやくととのえたものだが、全体的によく調和している。修道僧の独房と、訪問者がたえないにぎやかな部屋と、両方の要素をあわせもっていた。大きくあいた窓には、ほかの開口部と同様に、しっかりした格子とステンレス製の虫よけ用網戸がある。

空調装置の音すら心身をリラックスさせてくれる。ハイタワスはアルコールをひと口飲んでから、インターカムに向かった。船内記憶装置から音楽プログラムを選び、すりきれた重い椅子にすわると、深々とからだを沈めて目を閉じた。

「ひょっとすると」と、ちいさな声で、「回収船がわれわれを迎えにくるかもしれない。もし実現したら、この百年で最高のプレゼントだ」

幻想だろうか。ほとんどありえないことなのに。しかも、ハイパーカムは故障し、受信はできても送信ができない状況である。修理はどう考えても無理だ。

数時間ほど休む必要がある、と、ハイタワスは思った。

休憩をとったら、しかたないから生物学者たちのテストに協力するとしよう。

静寂とかすかな音楽にやすらぎ、すぐに眠りに落ちた。目がさめたのは、グラスががちゃがちゃと音をたてたからである。ゆっくり目をあけると、真っ赤に輝く窓の前にメラルダの姿が見えた。不吉な恒星プールボルが沈み、地平線の半分を炎と血の海に変えているのだ。白い服を着たメラルダは、以前に夢で見た人物を思いださせた。もっとも、ヴォルチャー・プールを舞台にした夢ではないのだが。

「集落はもう大丈夫か？」小声でたずねて、身を起こす。メラルダはうなずき、酒瓶をかたづけた。

「ええ、攻撃はやんだわ。いまはグループ単位になって柵ぞいをパトロールしているところ。まさに悪夢だったわね、ハイ」

「きみは集落のリーダーだからいっておくが、数日後にまたルルスたちがきて、新鮮な野菜を補給してくれる。うまくいけば肉もね。かれにブラスター一挺とエネルギー弾倉をわたした。ルルスの戦いぶりはほれぼれするほどだ。ほかの面でもそうだが」

意識的なのか無意識なのか、メラルダも住人たちと同様に、独特の生活様式を身につけている。生きぬくためなら、瞬時にたくましく決然と行動するというスタイルだ。

「その必要はあったの？　武器があまっているわけではないのよ」

「武器のほうが食糧よりたくさんある。わたしが全員に一キログラムずついきわたる量の肉を持ちかえったことを忘れるな」

「わかったわ。ヴィンにはうまくいっておくから」

「いおうといいまいと、関係ないさ。原住種族の協力がなければ、きみたちの統制力なんて十日ももたないよ」

「まだ考えなおすつもりはないの……？」メラルダはそっけなくたずねた。

「興味がないんだ。わたしは自分の義務をはたす。それだけさ。きみの後継者になるつもりはない。なにか新しい通信情報は？」

「あるわ」

衣服のストックがなくなって、もう数十年になる。機械いじりが得意な住人たちの尽力にもかかわらず、ハイパーカムも壊れたまま。だが、《カルマ》はいまでも宇宙からのメッセージを受信することはできる。

「最新の状況を教えてくれないか？」

メラルダとハイタワスは奇妙なかたちで愛しあっていた。ハイタワスは集落でもっとも美しい少女をわがものにしたわけだが、その一方で、彼女の冷酷で現実主義的な性格を知りつくしてもいる。

「手にはいるあらゆる情報を総合すれば、それなりに正確な状況がわかるって、ヴォインはいってるわ。ロワ・ダントンとジュリアン・ティフラーが銀河系のいたるところに回収船を出しているって」

ラール人支配の終焉を知らせる通信を傍受してから、ハイタワスはこの地獄惑星をあとにする準備をしていた。だが、そのことをメラルダには話していない。

「きっと、わたしたちみたいにちりぢりになった住人を地球に連れかえる宇宙船よ。送信の出力がかなり強いものもあるの。つまり、一隻かそれ以上の宇宙船がこの近くにいる可能性もあるということ」

ハイタワスは不安になってメラルダを見た。かなり神経質になっていると察知したからだ。集落内でまたなにか問題が起きているのかもしれない。

「テラの宙航士はプールボルをよく知っているはず。船内ポジトロニクスに座標データがはいっていたくらいだからね。ほかの宇宙船も似たような状況じゃないかな？」と、小声でいった。

「そうともかぎらないわよ。この惑星をめざす宇宙船はめずらしいわ。利用価値のない惑星ですもの。あのときにもっといい目標を探せばよかったものを」

メラルダもハイタワスも、逃亡の年には生まれていなかった。その当時の混乱ぶりをなんとなく想像できるにすぎない。メラルダはいまもブラスターを装着したままだ。これは人間工学にもとづいて設計されており、前腕にベルトで固定するタイプ。筋肉反射を感知しただけで、射撃者の手のなかに移動するようになっている。ハイタワスは恋人の心境がよくわからなかったが、深追いせず、

「逃亡先を選んだのはきみでもわたしでもないんだから、いいじゃないか」と、いって、立ちあがった。メラルダに近づき、その肩に両手を置くと、「なにか心配があるのか？」

彼女はうなずき、尊大ともいえる口調で、

「コイル集落からすぐに出られないことなど、心配していないわ。問題は、例の扇動者

ふたりと、その信奉者たちよ。同調しているのは、意見を持たない、ものいわぬ大衆にすぎないけど。もしも自分の意見があれば、もっと違う行動をとるはず」

「わたしみたいに?」かれは皮肉まじりにいった。

「そうかもね。でも、あなたみたいな知性がないから、かれらにはむずかしいでしょう」

「同意見だな」

突然、夜が忍びよってきた。外ではゆったり会話もできないほどまばゆかった恒星の光も、力を失う時間である。まして宇宙船の暗闇のなかなら、いい会話ができるかもしれない。またあの魔法が働いて、ふたりが恋に落ちた当時を思いださせてくれるだろうか……そうは思えない。だが、ハイタワスはそんなことはおくびにも出さず、

「ドナール・ウェルツがなにか面倒でも、メラルダ?」

「いえ。ウェルツとそのとりまきはなにもしないわ。かれらは消極的で、なにもするなと説教しているくらいだもの。そのことはあなたもよく知っているでしょう」

たしかにそうだ。ハイタワスの細い指は若い女のしっかりした筋肉を感じている。それは硬く、こわばっていた。音もなく近づく危機が、集落の独裁者のような双子のヴォインとメラルダのもとにも迫っているのだ。

「知ってるさ」

そのとりまき集団は六百名ほど。青少年も壮年も老人もふくまれている。だが、すくなくともきょうの時点で、ウェルツの論理はさほど確信が持てないものになった。かれは自分の意見が無価値だということを知るべきだ。ウェルツはとりまきに対し、暴力リングの攻撃に抵抗すべきでないと説いているのである。そうすれば自然の攻撃欲は失せ、ついにはまったく攻撃しなくなるだろう、と。

信奉者のひとりがこれを実践したことがある。

柵と橋の向こう側に、武装も防護もせず丸腰で行ったのだ。百メートル進んだところで、ヴォルチャー・プールは痛みを感じるいとまもあたえず、かれを殺してしまった。それでもウェルツは、完全に武装解除すれば侵入者に対する惑星の攻撃はやむ、という自説にこだわっている。

「とりまき連中が支配者兄妹にとっての問題じゃないなら、トルボーン・チェルケルの前進戦略のことか？」と、ハイタワス。

メラルダは不機嫌そうにかぶりを振った。髪がひと束ほどけ、額に垂れる。と、一歩も譲らぬ頑固さが影をひそめ、彼女が急に傷つきやすい少女に見えてきた。

この女性が数時間前まで最前線に立って惑星の自然と戦っていたなど、とても想像できない。開いている窓から外の騒音が聞こえてきた。

「ヴォインとわたしは支配者ではないわ」メラルダがささやく。

「コイル・シティのトップでいるためには、きみたちは宇宙船だって鋳つぶすだろうよ」ハイタワスは笑って反論し、彼女を軽くひきよせた。

「たぶん、そのとおりね。それと、たしかにチェルケルは厄介を起こすかもしれない」

「あとで実験室に行く。チェルケルとも話してみるよ」と、狩人が約束する。惑星の自然やいろいろな問題から身を守ってほしいというように、メラルダがからだを押しつけてきた。ハイタワスはうけとめるように腕を彼女の肩にまわし、小声でたずねる。「どうやって問題を解決すればいい？　ふたりの関係のことだが」

「わたしたち、なにか問題があるとでも？」

外から聞こえるざわざわという騒音がひどくなってきた。まだ無視することができるが、新しい危険が生じているらしい。

「深刻な問題があるような気がするよ。きみは変わった。わたしもそうだ。ふたりとも、もう戦争ごっこをいっしょにしていた子供じゃないということか。着陸脚のあいだや《カルマ》の薄暗いすみっこでよく遊んだよね？」

長い沈黙があった。女はハイタワスの腕に背を向けて瓶をとり、グラスふたつをまた満たした。アルコールはマクロ生物学実験室でつくった蒸留酒で、グラスも船内にはあと一ダースしかのこっていない。《カルマ》の船名が刻印されたプラスティックのコップは、黴臭《かびくさ》い倉庫にまだ数万個ほどあるが。

「わたしたち、もう子供ではないわ。重力シミュレーターにいれられたときから、大人になったのよ」

「ふたりとも子供の無邪気さをどこかに置いてきてしまったね」ハイタワスも同意せざるをえない。メラルダは照明装置の円錐形の光芒から出て、すりきれた椅子にすわった。明るい色の船内服の縁どりはほつれ、縫い目がほどけているところもある。

「このごろは《カルマ》の生きのこりの多くが、あなたに不信感をつのらせているわ。食糧を調達してくれてるのに、まるで惑星だけを友とする異人かアウトサイダーみたいに思っている」

「知ってるさ。もっといえば、かれらがわたしをはっきり拒絶するのを待っている。それまでには間《ま》があるだろうがね。いまはわたししだけがたよりの状態だから」

「だから、かれらはあなたの友になれないの。自分の命をかけてだれかの役にたってごらんなさい。いつかその人はあなたを憎むようになるわ。理不尽だけどそれが真理というものなのよ」と、メラルダがつぶやく。

ハイタワスは苦笑した。

「ときどき自分が九十歳のような気がする。きみのいうとおりだ。しかし、すくなくともきみはわたしをまだ憎んでいないと、淡い希望をいだいているのだが。それも勘ちがいかな?」

「いいえ」と、メラルダ。「憎んでなんかいないわ。でも、ふたりがまだ愛しあっているかどうか、わからなくなってしまった」

「きょうは〝真実の夕べ〟か……」ハイタワスはうなり、椅子の前に立ちつくす。ふたりの膝が触れあった。「だいたいのところはわかっている。わたしの感情はたしかにすこし大人になり、とぎすまされ、表現が豊かになったかもしれない。だけど、根本のところは変わっていないさ」

「本当に？」

狩人は肩をすくめ、グラスの酒を飲みほした。

「嘘をついて得すると思うか？」

彼女は両手を伸ばし、

「こっちにきて！　しっかり抱いてほしいの。これからどうなるのか、自分でもわからないわ」

「それはわたしも同じさ」ハイタワスはメラルダをひきよせ、悲しげにつぶやいた。

真夜中、かれは目をさまし、またあの騒音を聞いた。メラルダを起こさないようにそっと立ちあがる。彼女はまるくなって寝ていた。黒っぽく見える枕に美しい髪が光の輪のようにひろがっている。ハイタワスは窓に近づき、見おろした。四百メートルの高さからでも、投光器の強い光に照らされ、ヴォルチャー・プールの自然が昼の猛攻撃のあとかたづけをはじめたのが見える。柵のこちら側の細長い支柱には宇宙船からとりはずした強力な照明装置があり、コイル・シティの周囲に明るい白いリングを形成していた。投光器の一部は可動式で、小型ポジトロニクスが制御している。照らしだされた一帯は、昼には一面に燃えくすぶる動物の死骸でおおわれていた。だが、いまはそこに新しい生命の姿がある。

大小の動物が無数の死肉を裂き、噛み、ついばんでいるのだ。

翼と鉤状のくちばしを持つ巨大な爬虫類が、めりめりという咀嚼音《そしゃくおん》をたてて骨を噛み、皮膚とかたい外皮を裂き、甲高い声を出している。姿は見えないが、数十億匹の虫もそこにいて、のこりものをかじっているにちがいない。うろこが光る犬に似た動物が、巨大な肉食爬虫類がのこした塊りをむさぼっている。どの死肉のまわりにもびっしりと動物の輪ができ、そこから湯気があがっていた。

「吐き気がする」ハイタワスは小声でいった。「腐肉の悪臭に何日も悩まされる心配はなさそうだが」

ふたたび雲が垂れこめてきた。星はひとつとして見えない。宇宙船とジャングルのあいだに雨が断続的に降りそそぐ。生暖かい暴風が水滴を西に追いやっている。

ハイタワスは暗闇の庇護のもとにもどり、寝椅子の縁に腰かけて、若い女のからだと顔をじっと見た。

はっきりわかったような気がする。ありとあらゆる幻想と感情のうち、のこるものはごくわずかしかないのだ。

この邪悪な世界からぬけだせないことが、ヴォルチャー・プールとの戦いが、どんなすばらしい人間関係もゆっくりと仮借なく破壊していく。なんという浸食作用だろう。

ハイタワスは横になって頸のうしろで手を組み、悲観的な気分にひたって闇を見つめた。

かれはまだ若く、強く、敏速だ。

だが、住人の共通理念が崩れかけているのは、驚くほどはっきりとわかる。敵がヴォルチャー・プールと暴力リングであることは明らかだが、高まる動揺とたえまない脅威のせいで、共同体のメンバーは自制心を失ってしまった。ハイタワスのことを、裏切り者、空想上の生物、惑星の友とみなすようになっている。いま、自分の義務について考えなおすときがきた。

どこに逃げればいい？

「逃げる場所などない……ルルスの種族と兄弟の契りを結べば、話はべつだが」

どうすればいい？

「べつの人生を送れる可能性などない。惑星はわれわれを捕らえ、逃がさないだろう。それどころか、われわれすべてを殺す」

ほかの選択肢は？

「ない。すぐに自殺すれば、これからもつづく苦悩の時間だけは短縮できるが」

朝方になってから、ハイタワスはようやく不安な眠りについた。起きたとき、もうメラルダはいなかった。

5

宇宙船《カルマ》。

どんな鈍感な人間でも、ひと目見ればその宇宙船がひどい状態だとわかるだろう。エネルギー・システムは作動しているが、あすか、一ヵ月後か、十年後に停止しないとはだれもいえない。技術設備をのぞくすべてのものはすっかりとりはずされ、分解して修理に使うか、または本来の用途と違う目的に使用されている。

備蓄はまだ多少ある。倉庫にもプラスティックのコップ、エネルギー弾倉、武器、ケーブルやパイプ、そのほかの装備品がのこっている。

だが、グライダー、コルヴェット、搭載艇、シフトはまったくない。ほとんどの部屋はからっぽだ。トイレの設備はとりはずして住人の小屋で使われ、家具やつくりつけ戸棚などもべつの目的に転用された。船内に住む人間はうさん臭い目で見られている。疑い深い個人主義者や、たちの悪い信念を持つ人間の、怪しげな集まりだと思われているのだ。

それでも住人たちは、実験室、作業場、研究施設を船内にのこしておくくらいの分別は持っていたらしい。医療施設も、もうけっして飛行することのないだろうテルコニット外被のなかにある。集落の東側からは、焼ききられたぎざぎざの大穴と亀裂が見えた。超重族のプロジェクター兵器に破壊されたのだ。週を追うごとに宇宙船は朽ちていく。まだしばらくはもつだろうが、もはや大がかりな修理はむずかしい。ほぼ一世紀が経過し、《カルマ》は価値のないおんぼろ船になりさがったのである。

*

ハイタワス・ボールは倉庫から新しい武器を出し、再利用可能なエネルギー弾倉を充塡してから、生物学実験室に向かった。

「こんなところで会うとは！」途中でトルボーン・チェルケルに出くわしたのである。手をさしだしながら、「きょう最初のショックだよ！」

チェルケルはハイタワスと背丈は同じだが、幅が倍ほどある。すさまじい力で手を握りかえし、狩人の肩をたたいて、

「ショックはこっちのほうさ。われわれのなかで朝っぱらから仕事らしい仕事をしているのはきみだけだな」

「身にあまる光栄だが、これであなたを信じてはいけないとわかったよ」狩人がやりか

えす。「で、これからなにをするつもりで？」

「ほかの連中と同じさ。サヴァイヴァルのことを考える。実験室に行くのか？」

「ああ。かたちばかりの検査をうけないと……」

「行こう！　おいしいコーヒーをいれてある」

コーヒー！　カフェインこそふくんでいるが、腐食酸のような黒っぽい液体を薄めて温め、味をつけた代用品のことだ。まにあわせの飲み物であることにはちがいないが、化学者たちはこの合成品を自慢している。《カルマ》の複雑な合成装置は、一部がかろうじて作動しているということ。

「そんなことだと思った」狩人はぶつぶついった。「あれがおいしいなんてどうかしている。きょうはもうだいなしだよ」

チェルケルは謎めいているが、エネルギッシュな男だ。ハイタワスは長くかれを知っている。この男の好意は暴力リングのトビヘビのようにごまかしがない。

共同体のなかでももっとも個性的で、勇気があり、賢い男のひとりといえるだろう。五十五歳のチェルケルは、外見は雄牛のようだが非常に敏速で、すばらしい知性の持ち主だ。ヴォインやメラルダと同じく、いつでも死を恐れずに最前線で戦い、もっとも重要で危険な任務をひきうける。

だが、この男はある決定的なポイントで賢明さを欠いていた。

この惑星と暴力リングに勝てると信じているのだ！

「狩りはどうだった？」チェルケルは質問し、ハイタワスに黒いコーヒーもどきのはいったコップをわたした。

「いつもと同じさ。大変でくたくたに疲れたけれど、収穫はあった。でも、惑星はわたしを攻撃するため、また新しい動物をつくりだしたよ。有毒な角がいっぱいある黒い巨大獣だ。免疫もきかない。それどころか、たちまちわたしを見つけて猛攻撃してきた。ルルスがいなかったらと思うと……」

「免疫がきかない？　本当か？」

トルボーンは不器用につくろった古い革の衣服を身につけている。例の前腕固定式ブラスターを装着し、腰には自分で改造して短くした双手武器があった。

「困ったな」と、いって、熱いコーヒーをすすっている。

「なぜ？　狩りはわたしの任務なのに」

「たしかに」トルボーン・チェルケルはうなずき、実験室内で作業している要員を見ながら、「だが、わたしがリングにひろい道を切りひらこうとしているのは知っているだろう？　火と酸とエネルギーを使ってね。自分の信念をどうしてもヴォルチャー・プールに見せつけてやりたいのだ。きみの免疫が本当に弱まっているなら、ほかにわれわれに手を貸せる者はいない」

ハイタワスはにやりと意味深長な笑みを浮かべ、

「わたしはまだ自分の特権を享受するつもりなのでね、トルボーン。あなたの信奉者にしようとしてもむだだよ。〝ハンメスの実験〟の結果を忘れたとでも？　死者九十一名だぞ！」

はるか昔のこと、あるグループが、暴力リングを突破して《カルマ》とコイル・シティから遠くはなれた場所に新しい集落をつくろうとしたのだ。ヴォルチャー・プールはまたたく間に、新しい宿営地の周囲に小規模な暴力リングを形成したもの。惑星の猛毒攻勢から逃れられたのは、柵をくぐりぬけた子供一名だけだった。集落の生きのこりたちはこの実験結果を記憶のなかから必死に排除しようとしているらしい。

「忘れちゃいないさ。だが、あれから状況は変わった」

ハイタワスはひどく甘いコーヒーを飲みほし、コップを洗浄機に投げいれて、

「たしかに！　リングははるかに危険になっている」

トルボーン・チェルケルはドナール・ウェルッとの対立を公言していた。ウェルッの小心ぶりと自滅的傾向を批判している。だが、自分でもリングをどうやって制圧するのかはっきりわかっているわけではない。分別ある男ではあるが、そのあたりが盲点だ。

かれはハイタワスのほうに向きなおり、

「あとでまた話そう。まずは検査をうけてくれ！」

そういって、狩人の手をつかんで握手し、わざとらしい楽天的な高笑いをのこして出ていった。

生物学的検査と称して、相いかわらずあらたな実験がつづけられているが、きょうも無意味で実りのない結果に終わるのだろう。じつは、ハイタワスはよくわからなかった。もしかすると、自分だけが持つ〝なにか〟はもう判明しているのではないだろうか。腹がたつのは、検査がときとして麻酔をかけた状態で実施されることだ。

「かまうもんか！」不本意ながら服と装備をとりはじめ……

数時間後、一度目ざめたような気がして……

ふたたび目がさめた。

医療施設のちいさな部屋に横たわっている。睡眠不足のときに感じるようなけだるさがあった。時計を見ると、すでに日付は変わり、夜明け二時間前だ。場所を確認しようとしていると、しずかに扉が開いてチェルケルがはいってきた。重パラライザーを持ち、狩人の頭を狙っている。複雑な表情で笑い、扉を閉めてから小声でいった。

「冗談でやっているんじゃない！　決心したんだ。衣服を身につけて、武器を装着しろ……下手《へた》なまねはするなよ」

動かずに横たわっていたハイタワスは、大男の明るいブルーの目を見て、本気だと悟った。本気で撃つつもりだ。完全装備に身をかためたチェルケルは、自分の支離滅裂な理論をボールといっしょに実践しようとしている。

「気が狂ったのか、トルボーン！」ハイタワスはしわがれ声でいった。「あなたの長い人生で最大の失敗が待っているんだぞ」

チェルケルの表情が変わった。譲歩するつもりはまったくないようす。熱病にかかったような状態で、聞く耳を持たない。ハイタワスはパニックにおちいらないよう必死に自制し、冷静に考えようとした。トルボーンはいったいなにを望んでいるのか？

狩人の装備は壁板の上にあり、衣服は椅子の背にかけてあった。ゆっくりと身支度しながら質問する。

「なにをするつもりだ、チェルケル？」

「この集落の運命にとり、このうえなく重要な実験さ」

「なるほど、わかったぞ……でも、それはだめだ！　トルボーン！　そんなばかげたことを考えるなんて、あなたらしくもない」

トルボーンはかぶりを振った。狩人の武器二挺をとり、自分の幅広の革ベルトにしまいながら、

「きみは暴力リングからおのれの身を守るオーラを持っている。そうだろう？」と、ぶしつけにたずねる。ハイタワスはチェルケルをじっと観察した。額と上唇のあたりに汗をにじませ、大男はあとずさっていく。扉と狩人の両方を視野にいれるためだ。

「わたしが免疫保持者だということはだれでも知っている」と、ハイタワス。「つまり、わたしの免疫を利用しようと?」

「そうだ。まず柵を越え、先のことはそこで考える。急げ。きみとややこしい話をするつもりはない。わたしになにか懇願してもむだだ。いいな?」

ハイタワスは無言で身支度し、外に出た。トルボーン・チェルケルが一定の距離をたもってつづく。チェルケルのほうが力が強いから、武器なしの戦いではおそらく勝てないだろう。真の対決がはじまるのは柵の外に出てからだ。

ふたりが宇宙船を出て斜路をくだり、植物が繁茂する場所を通って門に近づくのを目撃した者はいなかった。パトロール隊とすれちがったトルボーンはぎごちない笑顔で合図し、武器のプロジェクターを柵の向こうのあらぬかたに向け、

「異常はないか?」と、きいた。ハイタワスはひかえめに男たちに目で挨拶するにとどめる。

「とくにない。きみは早朝からスポーツか?」

「そんなところだ」

パトロール隊は小声でしゃべりながら進み、そのあいだも柵の内側と外側を注意深く監視している。これからなにが起こるかハイタワスには予想がついた。だが、あれこれ考えてもはじまらない。努力したところで、その対価はチェルケルの死か、かれの支離

滅裂なアイデアが断念されるか、どちらかだ。いずれにせよ、先制防衛の計画は沙汰やみになるだろう。ハイタワスは柵の一区画の電流を切り、扉をあけると、ふたたび回路をつないでからくぐりぬけた。チェルケルがつづく。堀をわたるため、ばね式の細長い厚板を押しさげたとき、パトロールの歩哨たちに気づかれた。なんでもないというふうにジェスチャーでしめしたチェルケルは、狩人が同じようなしぐさをするのを見て面くらう。ふたりがわたり板の向こうの地面に足を踏みだすと、細長い軽金属製の板はばねの力でふたたびあがり、もとの位置にもどった。

ハイタワスはためらいながら〝焼き土〟ゾーンを五十歩ほど進み、とまった。投光器の光がとどく範囲なので、ジャングル方向にふたりの長い影が伸びている。あたりはまだ暗く、雲が群れて、遠くではひっきりなしに山火事の炎が赤々とあがっている。肉をかじられて骨だけになった死骸のあいだを縫うように、おびただしい数の小型動物がうろついていた。ひどい悪臭が熱く湿った空気中にただよう。

「武器を返してくれ、チェルケル！　もうわたしがあなたを攻撃することはない。あとは惑星がやるだろうから」

「きみにぴったり接近して歩くよ。そのオーラに守ってもらうためだ。ほら」

そういってチェルケルはベルトにさしていたブラスターをよこした。ハイタワスはすぐにスイッチを調べ、安全装置をはずしてから専用ポケットにいれると、

「どこへ行きたいんだ?」と、不機嫌にきいた。

「例の、槍投げのうまい族長と、いつも岩のところでおちあっているだろう?」

狩人は笑って、本心をさらけだし、

「あなたがあの岩を見ることはできないよ。見せたくないからではなく、その前にヴォルチャー・プールに殺されるから。それに真っ暗闇のジャングルを歩くのはごめんだ」

「あと一時間で明るくなる」

「集落のまわりを一周しよう。ただし、投光器の光がとどく範囲で。いいな?」

「きみにまかせる」

チェルケルはいまだに自説を信じている。だが、同時に不安もあるらしい。物音がするたびに、前腕の武器が手のほうにスライドするからだ。音の種類を聞きわけられないので、すぐ右の暗闇から恐ろしい叫び声が聞こえたときは、縮みあがっていた。人の手の三倍くらいのサイズのサルが眠りをさまたげられて鳴いただけで、危険はほとんどないというのに。

「どっちみち、そうするしか方法はない。うしろにぴったりついてくれ。攻撃されたと勘ちがいして、わたしの背中を撃ったりするなよ」

狩人はゆっくりと北の方向へ。動物の死骸と、最後にのこった肉をむさぼっている小動物の群れを迂回して進む。免疫はまだきいているようだ。藪、動物、木の枝が前方で道をあけ、後退していく。また細い小道が開けた。チェルケルは恐怖にあえぎながら、うしろをよろよろ歩いている。暴力リングにとってはそれが最初のシグナルだ。いずれ反応してくるだろう。

昼でも恐怖心をあおる不思議な風景が、強い照明や黒い影、それらすべてをおおう闇によって、新しい次元の驚愕をもたらす。埃まみれの草と、革のような木の葉がひっきりなしにかさかさ音をたてて、狩人に道をあけた。

「不安なのか、トルボーン？」と、狩人はたずねてから、「武器の一方を散乱放射に切りかえたらどうだ？」

「不安なんじゃない。暗闇で気が狂ってしまいそうなんだ！」

「これはあなたの〝狂った〟思いつきのせいだということを忘れるな、チェルケル！」

狩人はやりかえした。なにが起きるのかと緊張する。ことによれば、最初の攻撃でチェルケルは殺されるかもしれない。暴力リングは暴力や力ではなく、毒で攻撃してくるからだ。自分の免疫はふたりを守ってくれるだろうが、遅くとも恒星が出た時点で状況は変わるはず。

「狂った思いつきにとらわれているのはわたしだけじゃないぞ。ドナール・ウェルツはきみを裏切り者だといっている。原住種族と協定を結んだおかげで、免疫を手にいれたと！」

「ひどいたわ言を！　ルルスの種族がここにあらわれる前から、わたしにはずっと免疫があるのに」

「わたしもウェルツにそれをいった。だが、耳を貸そうとしないんだ」

「情けないのは、賢いはずの人々がそんなくだらない噂にまどわされていること。現実を直視しようとしない、あきれた頑固者たちだ」

狩人は振りかえった。鍛えぬかれた聴覚が飛翔爬虫類の翼の音をとらえたのである。右側、つまりジャングルの方向から接近中だ。立ちどまって、警告する。

「気をつけて。右上方から夜行性の爬虫類が攻撃してくる。ほとんど見えないが」

武器を出して調節し、じっと待った。翼がすばやく振動する音がだんだん大きくなる。闇のなかから数頭がかたまって降下し、ふたりの頭を狙ってきた。方向転換してハイタワスの前方にまわり、去っていく。いったん高くあがった動物が、こんどは三方からチェルケルに跳びかかってきた。ふたりはすぐに発射。狩人の一発が二頭に命中し、翼をひきさき、わきに吹きとばした。からだが地面に落ちてもまだ動いていて、尖ったくちばしでチェルケルの脚をつついている。

チェルケルの武器が自動的に右手に移動した。白いビームが三回うなりをあげて空中をつらぬき、獣を焼きこがす。狩人は暗闇のなかで、どしどし足踏みしているチェルケルの周囲の土をじっと見た。チェルケルが悪態をつきながら、叫ぶ。

「きみのからだにしがみついていたいよ。そうすればなにも起こらないだろうから！」

「楽観的なのだな」ハイタワスはぶっきらぼうにいった。

黒ヘビが近づいてきた。からだは見えないが、かすかな気配で動きがわかる。狩人はチェルケルのブーツの爪先を狙って休みなく発射。それから燃える草を跳びこえて、チェルケルのもとにジャンプした。その腕をつかんで、投光器の光芒のなかに押しこむ。宇宙船では投光器を移動させて、騒音と発射音の原因を調べていた。

「三回めの攻撃があるだろう」狩人がつぶやく。「自殺するのはかんたんなことだぞ、トルボーン」

「攻撃だな。火と絨毯《じゅうたん》爆撃。動植物に対する徹底攻撃だ！　そうすれば暴力リングに勝てるかもしれない！」と、チェルケルが大声を出した。「それしか方法はない」

ハイタワスはチェルケルの腕をつかんだまま、照明がとどくところまでひっぱっていった。動物の死骸を越えて進む。狩人の前を通りぬけた小型齧歯《げっし》類《るい》がチェルケルのブーツに噛みつき、脚を駆けあがって甲高い声を出す。すばやく右を見た狩人は、東の地平線が白むのを確認。半時間後、チェルケルは命をかけて戦うことになるだろう。そのとき生きていればの話だが。

「もどらないと、死んでしまうぞ！」と、ハイタワス。「あなたのためにいっているのがわからないのか。理論どおりにいくはずがない」

「誓ってもいい、うまくいくはずだ」

だが、トルボーン・チェルケルの自信もそれまでだった。自分の思いつきが自殺行為だと徐々に理解しはじめたらしい。それでも、コイル集落の住人は全員りっぱな戦士だ。そればかりでなく、内面の強さも持っている……ハイタワスはこれを〝強情さ〟といっているが。この強情さが災いして、チェルケルは撤退の提案をうけいれない。完全に説得するにはもっと強い薬が必要かもしれないと考え、狩人は集落にそって歩いた。虫の大群はまだあらわれない。いたのはヘビと爬虫類とちいさな肉食獣だけだ。

「心配いらないよ。あなたの死体をここに放置したりせず、柵までひっぱっていくから」と、狩人はいやみをいう。

いいおえたとたん、暴力リングがふたたび襲いかかってきた。近くの藪が揺れて音をたてる。砂利を焼いて有毒な酸をまいてあるゾーンと、通常の惑星の地面との境目あたりで、ちいさな石が動く。カニのような生物がすばしこく這いでてきた。照明を直接うけて青白い光を発し、はさみをがちゃがちゃさせている。ハイタワスはすぐに気づいた。また新しい生物兵器だ！　こんな種は見たことがない。

「注意して。またはじまるぞ。周囲がじきに明るくなる！」狩人はいった。

森のはずれからけたたましい音がする。朝の薄明かりのなかで、チェルケルとハイタワスは、グレイの地に黄色い縞の動物の群れが急接近してくるのを見た。ほとんどの攻撃に対して免疫を持つ狩人にとっても、危険このうえない動物だ。

「動くものを見たら、休みなく発砲してくれ!」ハイタワスが叫ぶ。「それから門に撤退する!」

カニに似た生物がたちまち接近。攻撃欲にかられ、たがいに妨害しながら上下に重なりあって前進し、鎌状の隊形でふたりをとりかこもうとする。先頭の数匹が狩人のブーツの前であとずさりした。ハイタワスとチェルケルは背中あわせになって立ち、ジャングルからきた、うろこがあるジャッカルのような動物に発砲。この肉食獣は狩人も知っている。熱帯雨林の木々のあいだに生息し、ルルスたちも不安がる危険な野獣だ。

攻撃の狙いは上々で、正確に命中した。森のはずれ一帯に灼熱の炎があがり、木片が噴水のように巻きあがる。火柱がうなり、藪から姿をあらわした動物はたちまち死んでいく。倒れた動物が男たちの目前に太い列をつくった。大きな目が光を不気味に反射する。その死骸をずたずたにしながら、生きのこった動物が音もなく殺到し、押しとどめようがないほどの距離に迫った。

この瞬間、戦士ハイタワスは冷静そのものだった。ちいさな肉食獣は三十メートルの間隔をたもち、それ以上はふたりに近づかない。狩人が突然、叫んだ。

「そこに立ったままで! 動くな!」

二挺めのブラスターを出し、広角放射で何回もチェルケルのブーツの周囲を狙う。カニに似た生物の甲殻が煮えたぎり、爆発して溶けた。大きなはさみにエネルギーが命中し、高熱で変形している。煙と炎が音をたてながら高くあがる。ハイタワスはチェルケルを肩でこづき、そのベルトをつかんだ。強引に五十メートルほどひきずって、集落の手前の門のほうにいっきに移動させる。

「ありがとう！」トルボーンは息を切らしながらいった。近くの巨大ジャングルの梢がぎざぎざの線になって、炎上する東の地平線を背景にくっきりと浮かびあがっている。生きのこった百頭近い肉食獣がこっちに突進してきた。男たちはふたたび立ちどまり、発射。それが生きぬくための唯一の方法だからだ。

「もしも生きて門にもどれたら……」狩人は仮借なく撃ちながらいった。野獣がもんどりうち、次々に倒れる。だが、半狂乱の動物たちはそれにかまわず、とまろうともしない。

「……あなたがわたり板をさげるんだ。わたしのほうがチャンスがあるから。いいか？」

「ああ。援護射撃してくれるだろうな？」

「いったい、あなたは……」そういいながら、狩人も不安になってきた。ふたたびカニ生物が地面からあらわれ、鋭いはさみをがちゃがちゃさせながら近づいてくる。ハイタワスはあきれ顔で、「……わたしがそのまぬけ面をまだ見たがってるとでも？」

射撃音が休みなくつづく。動物はV字型になって向かってくるので、狙いをさだめる必要はなかった。命中弾の間隔が短くなる。攻撃がやんだとき、チェルケルは、

「走るぞ！」と、叫んで、スパート。そのとたん、カニ生物に包囲され、ブーツに食らいつかれた。全力疾走で大部分を振りおとし、のこりは熱くなった銃身でたたきおとす。

いったん立ちどまり、至近距離にいる野獣を数頭、すばやく確実に攻撃した。

ハイタワスは一歩ずつあとずさる。恒星の最初の光がさしてきたとき、恐れていたことが起こった。青白く光るカニ生物に包囲されたのである。うごめくカニ数千匹がぐるりとならび、狩人のブーツを中心にして直径一メートルの輪ができた。自暴自棄の笑いが浮かぶ。状況を打開しようとしたのに、なんというざまだ。

歩哨たちが外の騒ぎに気づいたらしい。人々が門に走り、わたり板をさげている。投光器数基が乱射中のチェルケルを照らしだした。人工光が恒星の光とまじりあう。男たちは柵とバリアの構造亀裂を通して攻撃。ハイタワスは両手に武器をかまえたまま、足を速める。

結局、トルボーン・チェルケルの隣りに立つときまで、攻撃されなかった。免疫が守ってくれたのである。

「さ、はいって！」ハイタワスが押した。「援護射撃するから」

火炎放射が左右でうなりをあげ、最後の動物たちをなぎたおす。

ふたりはわたり板をわたり、柵を通過し、ワイヤーとバリアで保護された場所にもどってきた。ハイタワスは息を切らし、額から汗をぬぐって、

「まだ生きているなんて、とんでもない幸運だぞ。わかっているのか、トルボーン？」と、どなった。たちまち大勢の歩哨がふたりをとりかこむ。だれもが無言でかぶりを振り、じっと見ていた。

「わかったよ」チェルケルがつぶやく。「外で自由に行動できるのはきみひとりだ」

「そのうち、狩人はこの惑星でもっと自由にふるまえるだろうよ」住人のひとりがいった。ハイタワス・ボールはふりかえり、その男の腕をむんずとつかんで質問した。

「どういう意味だ、友よ？」

「きみを〝惑星の友〟だと思いこませるよう、ウェルツがとりまき連中に吹きこんでいるのさ。かれらの不信の念は根深い。きみにできることが自分たちにできないから、憎んでいるのだ。じつのところ……」

「じつのところ、なにもわかっていないのにさ！」べつの住人が言葉をつづけて、「それに、ウェルツは集会を開こうとしている」

「いつだ？」

「夜が明けてからだから、もうまもなくだろう」

ハイタワスは怒りのあまり低い声になり、

「ドナール・ウェルツは、わたしが免疫を利用してきみたちを養うことでコイル・シティを裏切ったとでもいうつもりか？　これから行って、あいつの歯をへしおってやる」

「それでは問題は解決しない。事態はかなり進んでしまっているから」

ハイタワスはそっぽを向いてうなだれた。こういう展開になると予想してはいたが、それでも落胆は大きかったのである。ウェルツは夢想家だ。自分の主義主張のためには狂信的な態度で戦う。だが、その戦いはハイタワス・ボールの犠牲のうえに成りたっているのだ。このあきれた主張に数多くの信奉者があらわれるとは。アウトサイダーだとみなされるのならまだわかるが、裏切り者といわれるとは……苦渋と憤《いきどお》りで息がつまりそうだ。ハイタワスは無言で身をひるがえし、斜路に向かう。

そのうしろ姿をトルボーン・チェルケルは黙って見ていた。下唇を嚙みながら考える……もうけっしてボールの友情や好意を期待できないだろう。この日の敗者は自分なのだ。

＊

ハイタワスはひとりでいることに慣れている。暴力リングやジャングルですごした数えきれない日々が、時間を有効に使うことを教えてくれた。退屈はしない。無聊《ぶりょう》に悩んだという記憶はなかった。だが、いまは自分でつくった部屋で静けさにつつまれ、ひとりでいることの重荷と孤独を痛感している。椅子にすわり、アルコールを満たしたグラスを手に、うつろな目であらぬかたを見つめた。

父親がいたら助けてくれたかもしれないが、父の名前すら知らない。きっと適切な言葉をかけてくれたであろう母親も、ハイタワスを産んで死んだ。ヴォイン・コイルには嫌われている。妹メラルダを強い影響力であやつっていると思っているのだ。

メラルダ？

昨夜、無言のままたがいの思いを確認しあって以来、ふたりを結ぶ接点はなくなった。何年もならんで歩いてきた道は分かれ、違う方向に向かっている。本気で惹かれている若い女はほかにいない。女たちにとって、ハイタワスはうさん臭く理解しがたい存在だった。

数日前なら、トルボーン・チェルケルにアドバイスを仰ぐこともできただろう。チェルケルが夜明け前に逃亡をこころみてから、その可能性も消えた。狩人は友もなく、たったひとりでとほうにくれている。

これまで船内図書館で読んだ文学でしか知らなかった状態だ。どうやってこの窮状からぬけだせるのか、小説には解決法がしめされていない。明晰で回転の速いハイタワスの悟性は、ほかのだれでもない自分のための打開策を探ったが、どんなに悩んでも期待の持てる方法は見つからなかった。時間をたしかめなかったので正確にはわからないが、昼から夜にかけてドナール・ウェルツが船外で演説をしているのがかすかに聞こえてきた。気にはならない。聞くつもりになれなかったともいえる。白熱した討論が終わって、大群衆が解散した気配だけはわかったが。

いつのまにか寝いったハイタワスは、ひどい悪夢にうなされた。

＊

なにかに起こされた。目をあけ、まばたきをする。すらりとした人物の輪郭が明るい色の壁を背景にぼんやりと浮かびあがった。

跳ねおきようとしたとき、だれかがかれの口を手でふさぎ、

「わたしよ、メラルダ。すぐに服を着て。かれら、あなたを殺そうとしている」ちいさいが、聞きのがしようのない鋭い声だ。幻覚に襲われる。たいまつ、閃光をはなつブラスター、叫ぶ群衆。ハンド・スピーカーを振りまわしながら、痩せぎすウェルツが人々を扇動している……ハイタワスはうなずき、ゆっくりと身を起こした。

「早く！」メラルダがささやいた。「明かりはつけないで。ヴィンとわたしでかれらを制止しようとしたけれど、なにしろ人数が多いから。すっかりおちつくまでルルスのところに行って。仲間が柵のところに装備品を用意しておいたわ」

「こんなことが本当に起こるとは」と、つぶやいてから、やっと理解する。万事休すだ。

窮地におちいった集落でヒステリーと狂気が生じ、最後の理性の砦が崩壊したのである。三千名の不安が、ハイタワスひとりをターゲットに爆発したのだ。

「本当よ。ヴォインが斜路の近くにいて、武器でかれらをとめている。チェルケルが援護しているけど、いずれ退却せざるをえないわ」

しだいにおちついてきた。かなり長い期間、唯一の友である族長ルルスのもとで世話になることになるだろう。ハイタワスは手ぎわよく衣服を身につけてから、可能なあらゆる装備をつけた。ブーツを履き、ヴァイブレーション・マチェーテを持ち、武器ベルトの錠をかける。

「ヴォインとチェルケルが？」

「そう。急いでっていってるでしょ。聞こえないの？　連中はキャビンに突入してあなたをリンチするつもりよ。とっとと消えて！」

「この真夜中に？　暴力リングを通って？　そんなことをしたら自殺行為だぞ」

メラルダの考え方は明晰で実際的だ。

「ウェルツのヒステリックな信奉者たちがあなたを殺すのは確実なのよ。暴力リングがあなたを殺すかどうかはまだわからない。どっちのほうがチャンスがあるか、わかるはず」

「やっといまになってわかったよ」ハイタワスはみじめな気分だった。「きみの言葉は蜂蜜みたいに甘い。きみの注意力はトビヘビみたいだし、その魅力は強烈な酸のようだ。なんてひどい世界なんだろう！」

「でもそれがあなたの世界なの。人生は楽じゃないのよ、わが友」

「わかったよ」と、ぼそりといった。「真実とはこうも悪意に満ちているものか」

ハイタワスは表面にひっかき傷のついたサングラスを見つけ、胸ポケットにいれた。さらに棚をあけて、強い蒸留酒を四本かばんにいれる。

「いつから大酒飲みになったの？」メラルダが詰問した。闇の暗さと事態の深刻さがあいまって、彼女のきつい性格がいっそう顕著に感じられる。ハイタワスは身震いし、「ルルスもこのごろは弱くなって、強い酒をたよりにしているんだ。そのほうが調子がいいらしい。今後は新鮮な肉と果物の入手はむずかしくなるかもしれないな、メラルダ。残念だが」

メラルダの声が氷のように冷たくなり、

「わたしは三千人の人間しか知らないけれど、そのなかであなたはいちばん変わってるわ」

「その話はここまでだ」ハイタワスは抑揚のない声でいって、すでにハッチの横に立った。「出口まできてくれるな？」

ハイタワスは室内照明をすべてつけ、はじめて見るようにメラルダを見た。彼女もそここにこめられた意味を理解する。けっしてうれしいことではない。かれは意を決したように身をひるがえし、扉をあけて通廊に出た。銃声と叫び声がかすかに聞こえる。ハイタワスはもう一度立ちどまり、メラルダを黙って見つめた。心のどこかで、自分がたったいま本当に大人になったような気がする。万感をこめた視線でじっとメラルダを見ながら、彼女とこれまでの人生とに別れを告げた。

「さよならはいわないよ。きみのしあわせを祈っている、メラルダ」

「ありがとう……かれらの叫び声が聞こえる？」

「ああ。どうってことないさ」そういって、通廊に駆けだす。メラルダがうしろで見おくっているかどうか、気にもせずに。下降シャフトに跳びこみ、下極エアロックへ。騒音がさらに大きくなってきた。鋼の壁によりかかってようすをうかがう。まだ近くにはだれもいないようだ。銃声が宇宙船のまわりにある小屋の壁にけたたましく反響している。

　またひとりきりになった。自分だけがたよりだ。いつもどおり、感情におぼれず敏捷に行動する。長い斜路を横切るように駆けおり、柵の近くの低い建物と植物のあいだのかげに身をひそめた。ここなら投光器の白い光芒がとどかないだろう。

「呪われた惑星か」と、つぶやきながら、ものかげを選んでジグザグに進んだ。砂利を踏んで物音をたてないように注意しなければならない。

百三十メートル先に、強い照明に照らしだされた橋、わたり板、柵とバリアに守られた門がある。自由になるには、そこを通らなければならない。ハイタワスは立ちどまり、どうやって真っ暗な暴力リングを駆けぬけるか考えた。

「どこにいるんだ、狂人たちは？」そういいながら、身をかくす。

後方にいるのはたしか。混乱した声や重いブーツの足音がする。と、騒音の渦のなかからヴォイン・コイルのよく通る鋭い声が聞こえてきた。

「聞け！」興奮しているらしい。「あの男、真夜中に暴力リングを横断するリスクはおかさないだろう。いまは上の部屋で酔っぱらっている。おそらく、妹を腕に抱きながら。捕まえるんだ。さ、斜路へ急げ」

真の友かと思ったのに、暴徒たちの一味にくわわったのか？　狩人は絶望した。

だが、そんなはずはない。戦略にちがいない。自分が集落の外に出たとわかれば、ヴォイン・コイルは心配する必要がなくなるから。振りかえると、ぼんやりとした人影、ひしめきあう群衆が見える。かれらは斜路に殺到し、下極エアロックに向かっていた。

目の前にある道は知りつくしている。暗闇のいちばん外側の地点までゆっくりと移動。まぶしく照らしだされた光の輪を監視している歩哨がいないのをたしかめ、走りはじめた。ひとつひとつの動作をきびきびとこなす。細長い柵の保安扉がぱっと開いた。ハイタワス・ボールはわたり板を越え、暴力リングへはいる。もうすこしで真夜中だ。あとたっぷり四時間以上、暗闇と危険と死の可能性におびえることになる。目標はただひとつ。原住種族の石の家だ。そこまでうまく行きつけたら、生きのびられるかもしれない。

6

　操縦席にすわっているのは、赤褐色の肌に特徴的な三日月型の髷《まげ》をした巨漢だ。回収船《グリッツ》は正しいコースにいたが、予定より四日遅れている。

「夜間か早朝に着陸することになる、ハマー」と、操縦士のタラング。「すべて上首尾に運んでいるぞ」

「そうだな」トロンパー・ニーサンも同意した。現在《グリッツ》に乗っているエルトルス人三百二十名のリーダーだ。

　すべて計画どおりである。

《グリッツ》は最初、救助を待つテラナーのちいさな植民地がある惑星に着陸したもの。敗走した逃亡者グループの生きのこり五百名ほどを船内に収容した。その後、エルトルス人の避難惑星タロクⅢからの救助要請をキャッチ。当然のことながら、回収船はタロクⅢに急行した。エルトルス人は二回めの連絡で、避難地から故郷惑星に運んでもらいたいと希望してきた。とくに大きな問題はない。《グリッツ》は誘導をうけ、タロクⅢに着陸した。

　こうして、装備をつけたエルトルス人三百二十名を船内に収容したのだ。かれらは歓迎され、くつろいですごしている。

「〝この惑星〟のデータをくわしく調べた。これといった惑星ではないが、着陸しよう」と、トロンパー。「やつら、ここで生きのびるだろう」

「たしかに。熱帯雨林のジャングル惑星だからな」操縦士が賛成した。

　エルトルス人三名のやり口は非常に巧妙だった。平均身長二メートル半、体重八百キロの環境適応人たちは、回収船のスタート後にやすやすとテラナー乗員を制圧してしまったのだ。いまやかれらが船の主人である。

「やつらを数分以内に宇宙船から出そう。装備は持っていかせるか？」ハマーがたずねた。

「そのほうがいいだろう。やつらが本当に生きのびたとしても、われわれの計画に支障はない。それに、あいつらの道具など必要ないし」

「了解」

　このエルトルス人たちは、GAVÖKとテラに対してたんに一撃を食らわすのではなく、ずっと巧妙な計画を練っていた。大きなキャビンと貨物室に閉じこめられた人間たちは、まったくそれに気づいていない。宇宙船はこれからも〝回収船〟の機能をはたすだろう……エルトルス人主導のもとで。かれらは狙いすました妨害活動を展開し、わざとミスしたり、いやがらせしたりすることによって、この船と組織全体の評判を傷つけようとしていた。エルトルス人の計画はテラの名誉を傷つけ、GAVÖKに大きな負担をかけることになるだろう。

「あとどのくらいかかる?」ニーサンがタラングにきいた。

「四、五時間かな。生命の危険がない着陸場を見つけるつもりだ。通信ステーションの近くあたりに」

「例の逃亡船がある位置だな?」

「たぶん」

「着陸が近くなったら呼んでくれ。もう一度、船載ポジトロニクスを調べてくる。役にたつ情報が見つかるかもしれない。食って太れ、タラング!」

「食って太れ、トロンパー!」

《グリッツ》は慎重に減速しながら、赤色恒星の第二惑星に接近していく。

＊

ハイタワスは身長の倍ほどある藪のあいだにいた。枝が幹にはりつくように動いて、かれに道をあける。投光器の光芒は後方五メートルのところまでしかとどいていない。

照明がとどく宇宙船のまわりが闇から浮きたち、ドナール・ウェルツのとりまきが走りまわって狩人を探しているのが見える。ときどき銃声がとどろき、狂信者たちの声がスピーカーで増幅されて聞こえてきた。狩人はぞっと身震いしながら小型投光器のスイッチをいれた。幅広の光芒が闇を照らす。

真夜中をすぎた。物音ひとつしない。いつもの自然界だ。興奮した鳴き声も、枝の折れる音も聞こえず、小枝のあいだに動くものもいない。狩人はメラルダが門の横に置いておいてくれた重要な装備品をすべてネットにいれて背負っていた。

投光器が小きざみに揺れる丈の高い草、砂地、森の縁の木々や蔓植物を照らしだす。不気味に光る動物の目も見えない。

「さ、狩人、ルルスのもとへ！」と、自分にいう。静寂がその声をのみこんだ。ぞっとする孤独感がただよう。

暴力リングを何回通ったか数えるのはもうやめていた。昼間に通ったのは数千回にのぼるだろう。だが、夜は一度もない。どれほど危険なのか、想像もつかない。

ハイタワスは投光器を左手に持ちかえ、右手で武器を持った。まっすぐ進むと、草が左右に分かれ、振動する茎のあいだから地面があらわれる。稲妻が光り、グロテスクな影が後方の平地に落ちた。ハイタワスは大股で歩きながらも、すべての方向をうかがう。

暴力リングにはいり、周囲が見とおせる安全な平地からはずれてしばらくたつが、攻撃はなかった。

よろめきながら進む。パニックと恐怖におちいらないようにこらえた。この道を氷のように冷静に、内面の弱さに負けずに、歩ききらなければならない。さもないと死が待っている。

額の汗をぬぐったとき、まだ手首にミニカムをつけていたのに気づいた。投げすててブーツのかかとで踏みつぶしたいという衝動と数分間ほど戦う。集落から離脱するための儀式だ。だが、感傷的な気分から、やはり持っていくと決めた。植物が発する音しか聞こえない時間がしばらくつづく。と、そのとき、すぐ前でなにかが折れる鋭い音がした。網のようにひろがった枝の上にいる猛獣を、光が照らしだす。

リスクはおかしたくない。

狙いをさだめ、身がまえる黒い獣の下の枝に発射。だが、そのときにはすでに獣はしなやかにジャンプして、着地していた。うなりながら向きを変えて、藪のなかに姿を消す。ハイタワスが植物の繁茂するゾーンを大股で進むと、イグサが鞭のような音をたてて左右に分かれていく。

光る大きな目が見えた。かたい管状植物のあいだにかくれている。その向こうは小川だ。ハイタワスは投光器をつけたり消したりしながら、数メートルごとに道を探していく。

ちいさな水生爬虫類の群れが長い尾で水をかき、沼からあがると、長い列になって右側から突進してきた。ハイタワスはいったん躊躇《ちゅうちょ》してかわし、武器をさげる。だが、先頭の爬虫類が足に食いついてきたとき、ついに発射した。

　蒸気が雲となってあがる。いまの一撃で、泥や動物の死骸や湿った植物の切れはしがちりぢりになって吹っとんだ。爬虫類が三、四頭、顎を鳴らしながら急に向きを変え、攻撃してくる。狩人は驚愕した。突如として免疫の効力が失せたのだ。嚙まれないように両脚を動かしながら、しゃにむに発射する。ジャンプ力にものをいわせて、なんとか地獄から逃げだした。

　投光器の光芒が闇のなかをさっと動く瞬間、コウモリに似た夜行性動物の大群を確認。木々の葉と、ずたずたにちぎれた花のあいだだ。黒い飛翔動物が、逃げようとするハイタワスを音もなく攻撃してくる。

　狩人は一目散に逃げた。

　武器がうなりをあげる。まばゆく光るビームが、枝や動きまわる爬虫類や濡れた葉に無差別にあたった。驚いた動物たちが鳴き、逃げ、ぶつかりあう。ハイタワスのよく知っているしずかな場所が、暗闇のなかで危険な罠と化していた。数カ所で火災が起き、黒煙があがった。暴力リングのいちばんむずかしい個所を横断するのに、昼間でも三時間か四時間かかる。暗闇のなかでは、通りすぎてしばらくしてようやく、見知った場所だったと思いあたる始末だ。

すべての力と瞬発力を動員する。危機的瞬間には反応時間がさらに短縮された。武器を持ち、投光器を物音がするほうに向ける。ハイタワスの肉体はロボット並みの速度で攻撃し、回避し、前進するマシンに変身した。

暴力リングの反応はこれまでにないものだった。時間帯が夜だということに関係しているのだろう。

植物はいつもと同じように道をあける。だが、棘を持つヘビのような蔓植物を二度ほど切断し、荒々しくらせん状にのたくる若枝をよけなければならなかった。それでも、狩人の免疫オーラは植物には一目おかれているらしい。動物はこれまで攻撃をしかけてきても、目前で退却するのがつねだった。いまも、ちいさな群れで行動する動物の多くは、決定的な攻撃にはいる直前で去っていく。沼の爬虫類や夜行性の飛翔動物のような例外はあるが。それに対し、単独行動をする動物は、まるで暴力リングに無差別攻撃をプログラミングされているようだ。狩人にも攻撃してくる。

だが、ハイタワスの感覚器官はかれを見捨てなかった。

危険が迫る前に攻撃を察知できるのだ。動物たちは助走の段階で、大型武器の火炎放射により死を迎えることになる。

狩人はふたたび方向を変え、巨大な木々のあいだを息を切らして歩きだした。ゆらゆら揺れる蔓植物のカーテンの下を身をかがめて進み、森のあいだの乾いた砂地でようやくひと息つく。

ここならしばらくのあいだは安全だ。あと三分の一、行程がのこっている。それをこなせば、ルルスと原住種族の石の家が待っている。

雲が散っていく。星々のまたたく夜空があらわれた。遠方の雷雲の縁にそって光がもれる。星のかすかな光は、ジャングルと沼地にもどいているかもしれない。ハイタワス・ボールが横断しているのはたんなる荒野ではない。それはおぞましい幻影、地獄のような悪夢、神話の森であった。苦痛や邪悪、かれの半生におけるあらゆるネガティヴな経験を具象化したものだ。この夜、ハイタワスのなかにまったく新しい感情がめばえた。死と隣りあわせの経験を通して、大宇宙はなにかを教えようとしているのか。この夜を境にすべてが変化していくようだ。星は無情に輝き、悪臭をはなつ沼の水面に光の模様を落としている。ハイタワスの喉から長いうめき声がもれた。すべての力がからだからぬけていく。自分のなかでなにかがひきさかれるのを、ぼんやりと感じた。

頭をそらし、星を眺める。そこに問題の答えや解決策があるかのように。

流星があらわれ、遠方の恒星のあいだで尾をひいた。いや。流星にしてはゆっくりだ。時間がかかりすぎる。なにか違う種類の発光現象らしい。背筋に冷たいものがはしった。森では驚いた巨大動物たちが怒号のような大音声《だいおんじょう》を発している。

光のシュプールが長くなり、ゆるいカーブを描きながら、あたりを明るく照らした。シュプールの発生源である物体の速度がさらに落ちる。閃光が面となってひろがり、ハイタワスの目を眩惑した。まばたきしながらもう一度目をあけると、見えない物体が自分の頭上を直撃するような錯覚に襲われた。シュプールがまっすぐ自分に向かっているかのようだ。

「宇宙船だ！　宇宙船が墜落する！」ハイタワスは信じられなかった。興奮が熱波のようにからだを駆けめぐり、膝ががくがく震えだす。小型投光器で信号を出したいという誘惑に耐えた。そんなことをしても無意味だ！　そう考えた直後、大きな爆音がした。どんな雷鳴より大きな音である。強烈なこだまが風にのって聞こえ、やがて消えた。

「本当に宇宙船だ」

このプロセスを、夢のなかでは細部にいたるまで何百回もたどったもの。それが現実に起こるとは。自分が見て聞いたことがとても信じられない。

ハイタワスは凍りついた。

二回めの強力な衝撃波が襲ってきて、動物数百万頭の叫びとまじりあう。ハイタワスの右足の下の砂から棘のある毛虫が顔を出し、ブーツの甲の上でまるくなってから、どこかへ這っていった。リングの毒攻撃かもしれないが、ハイタワスは気づかない。どんどん高まる緊張のなかで、照明の輪が強烈に光るさまに見とれていたのである。エンジンの轟音が最高点に達した。胴体の一部がぼんやりと見える。墜落ではない。宇宙船が着陸するのだ！　船体は《カルマ》より若干ちいさい。ジャングルの木々が着陸する宇宙船の前方に見える。

どこに着陸したのか、だいたいわかった。自分が操縦士だったら同じようにしただろう。大昔に、北東部の火山活動によりできた巨大な溶岩地帯だ。不毛な土地で苔くらいしか育たず、甲虫類などの昆虫がいるだけ。着陸脚の大きな皿状先端はきちんと接地したらしく、船体は安定している。

乗員は《カルマ》を探知しなかったのか？

いったいどういう種類の宇宙船なのだろう？　船長はどの宙航種族なのか？　《カルマ》の生きのこりを救出してくれるのか？

数分後、狩人はようやくおちついた。濡れた冷却タオルを密封包装から出し、顔と頸を拭《ふ》いてさっぱりしてから、小瓶の中身をぐいと飲み、進行方向を変更。夜明けの薄明かりがさすころには、未知宇宙船の下極エアロックから五百メートルほどの距離までできた。

からだは泥まみれ。装備品の一部をなくし、息を切らして汗だくの状態である。まだ力は使いはたしていないが、くたくただ。全身の筋肉が痛む。球体の外壁に巨大な文字が見えた。グ、リ、ツ。ハイタワスがはげしい息をおちつかせているあいだに、エアロックが開いた。細長い斜路が地面に繰りだされ、巨漢三名が姿を見せる。輝く宇宙服。ヘルメットはかぶっていない。

本で読んだ知識によれば、エルトルス人にちがいない。ハイタワスはじっと待った。その忍耐が報われ、二十分後には状況がほとんど把握できた。周囲が無人地帯だったこと、狩人が鋭い聴覚の持ち主であったこと、かくれていた場所のすぐ近くまでエルトルス人三名がきたことがさいわいしたのである。興奮してふだんと違う状態だったせいか、会話もほぼ理解できた。

「人間たちとテラナー乗員を船外に出すぞ」

「やつら、それほど犠牲を出さずに《カルマ》まで行きつくだろう」

「あそこまで行くのに何日もかかるのでは？」

「たぶんな。われわれは《カルマ》の近くに着陸し、救助者のふりをして偵察する」

「住人は宇宙船を見せてくれるだろう。おんぼろ船だろうが」

「もしも、まだ使えるハイパー送信機があったら、破壊しなければ」

「それしかない。人間たちは集落に到着したら、ヴォルチャー・プールの逃亡者にわれわれの計画をばらすだろうからな」

「よく考えたな、ハマー」

「エルトルス人が三百二十名もいれば……《カルマ》を素手でばらばらに分解すること

だってできるさ！」

「了解。では、はじめるか？」

「いいだろう。ただし、注意してシナリオどおりに行動しろ。自分の役をうまく演じるんだ」

「まかせてくれ、トロンパー」

船内図書館の資料で読んだとおり、高重力下で育った巨漢のエルトルス人たちはマイクロ重力発生装置を身につけている。三名は船にもどっていった。狩人はかくれ場で充分に食べて飲み、できるだけ早くコイル・シティにつけるよう、じゃまな装備品をぜんぶあとにのこした。こうして三時間後、かれは門まで帰りついたのである。

7

ハイタワス・ボールが最初に会ったのは、偶然にもドナール・ウェルツだった。狩人は柵の保安扉を勢いよく閉め、くるりと向きを変えて小男の右腕をつかんだ。ウェルツの前腕につけたブラスターが手のなかに移動する。だが、ハイタワスはそれを狂信者の手からたたきおとし、柵ごしに酸の堀へ無造作にほうりなげた。

「虫けらみたいなやつ」と、怒りに震える低い声でいう。「能なしのちびめ！　殺してやってもいいんだが、もっと大切な用事があるのでね。ばかな信奉者たちに集まるように伝えろ。面倒を起こしたら、一発めはあんたにお見舞いするからな。さ、行くんだ！　宇宙船が着陸したぞ」

ハイタワスはひどい恰好だった。服は裂け、皮膚のあちこちから出血し、装備の一部をなくしている。全身、泥まみれだ。ウェルツは黙ってそれを見ている。狩人はかれのからだを揺さぶって向きを変え、足蹴《あしげ》にして、

「早く！　それと〝王様の子供たち〟を見かけたら……いいたいことがある！」

ウェルツはあわてて走りさった。エルトルス人は人間たちを船外に出しただろう。船から出たところには、比較的ちいさいがやはり死を招く暴力リングがある。たちまち包囲されるかもしれない。そうでなければ、コイル集落に向かう途中で、ジャングルと〝ほんものの〟暴力リングに殺されるのがおちだ。猛スピードで行動しないかぎり、防御のしかたもわからない不幸な者たちは死ぬしかない。エルトルス人はかれらにブラスター一挺もわたさないだろう。狩人は双子のコイル兄妹の家に走った。パトロール隊が通りかかり、びっくりしてかれを見る。どう反応していいのやらわからないらしい。ハイタワスはメラルダの〝オフィス〟に通じる木の階段を、大股で駆けあがった。ヴォインが扉をあける。

「きみか、ハイ？　くたくたのようだな？」

ハイタワスはひとつきでヴォインをわきに押しのけ、鋭い声を出した。

「夜のうちに宇宙船が着陸するのを聞いたか、あるいは計測したか？」

「それがわからないんだ。雷だという者もいるし、スクリーンのエコーもはっきりしない。たぶん、当直が寝ぼけたのかもしれない」

ハイタワスは乾いた笑い声をあげ、

「わが友ウェルツの集会にでも出ていたんだろう。どぶネズミ野郎のね。あれはテラの回収船だ。その宇宙船をエルトルス人三百二十名が乗っとり、人間たちをジャングルに置きざりにした。いまにここに着陸する」

とたんにヴォインはきびきびした表情になり、狩人に濡れたタオルをわたしながらたずねた。

「宇宙船はどこだ?」

「防壁の後方の溶岩地帯だ。わたしは着陸を目撃し、そこまで行ってからもどってきた。よく聞け、事態は急転するぞ。体重八百キログラムの巨漢が三百名あまりきたらどうなるか、わかるか?」

「わかるさ。ちょっと待て……」

コイル集落には鍛えぬいた武装戦士が三千名近くいる。巧妙な罠をしかけるのにもってこいだ。エルトルス人はスタートできる宇宙船を持っている。

ハイタワスが急いでからだをぬぐっているあいだ、ヴォイン・コイルは放送のスイッチをいれ、狩人から聞いた話を伝えた。ヴォインは状況を把握し、正しい結論を導きだしたらしい。罠をしかけるつもりだ。子供と老人を使い、この集落は活気を失ってもはや死んだも同然と見せかける作戦である。

「それと、きみの友ウェルツにいってくれ」と、ハイタワス。「わたしを裏切り者呼ばわりするのをやめるようにと。エルトルス人は船内にはいり、まずハイパーカムを探すだろう。われわれ、やつらに奇襲をかけなければならない。パラライザーは充分あるだろうな？」

「たりるはずだ。いつくると思う？」

「昼前だろう。しっかりした特務コマンドを《グリッツ》に送りこむ必要がある。もしも宇宙船がスタートしたら……その前に手を打たないと」

ヴォインはことのしだいを集落の住人にもう一度説明した。このスピーカーは七十年前から設置されている警報システムの一部だ。住人全員が二十分以内に情報を知ることができるようになっている。

メラルダが部屋にせわしなくはいってきて、狩人にかすかにほほえみかけ、

「また会えてうれしいわ。チェルケルといっしょに、未知宇宙船に突入する特務コマンドのリーダーになってくれない？《グリッツ》の大きさは？」

「任務をひきうけるよ。大きさは《カルマ》よりすこしちいさいが、われわれ全員ぶんの場所はある」

罠の準備は細部までととのった。

跳ね橋がおろされ、車輛が戦略的に好適なポイントに配置される。船内では補助装置がふたたび動いて、まだ使える技術設備が作動した。屈強な戦士たちは武装し、科学者になりすまして各部署につく。大急ぎで重パラライザーを必要個所に配り、かんたんな自動発射装置と接続する。一チームはぼろぼろになった通信センターに手をくわえ、機

能しているように見せかけた。故障してさまざまな色の光がちらちらするだけのスクリーンも、スイッチをいれる。

勇敢な男たちは、やみくもに発射しながら暴力リングを駆けぬけ、倉庫にのこっていたなけなしの発煙弾を重要ポイントにしかけた。トルボーン・チェルケルが選抜した特務コマンド二百名は、暴力リングの毒牙に対して可能なかぎりの自衛策を講じる。あちこちで人々が武器を装着し、弾倉を確認し、プロジェクターを調整した。

「敵は何名くらいだ？」

階段をゆっくりのぼってきたトルボーンが、狩人を見て照れ笑いする。ハイタワスは笑みを返さず、

「エルトルス人三百二十名。戦闘力にすると、ふつうの人間千人ぶんというところだ。それほど用心深くはなさそうだが。奇襲は万全の準備をして、かなり手ぎわよくやらないと」

「きみとわたしが……司令室に突入する、ハイタワス！」きびしい顔でチェルケルがいった。

「三百名あまりのエルトルス人が統率のとれた隊形で宇宙船から宇宙船に移動すると思ったら、大間違いだぞ！」と、狩人は考えこみ、「われわれ、リングに出ていって、そこから宇宙船に突入するべきかもしれない」

「それは危険すぎる。あらかじめ猟師や農夫に変装して安心させ、突然に攻撃をしかけるのがいちばんいい。宇宙船がやってきたら、すぐに行動開始だ。もう仲間たちと打ちあわせはしてある」

「了解」狩人はつぶやき、「成功しなくちゃ意味はないからね」

集落の印象が徐々に変化していく。突然、見せかけの平和が訪れた。いますぐ戦う準備のある男女が、変装して平凡な日常の作業にいそしんでいる。ハイタワスが〝オフィス〟をあとにしたとき、コイル・シティの様相はすっかり変わっていた。

＊

《グリッ》の着陸に、住人たちは熱狂した。酸の堀と森のはずれのあいだでは、暴力リングの有毒生物が一時的に消えたように見えるゾーンが出現。住人三千名ほどが各自の役まわりにふさわしくふるまっている。エンジンが沈黙し、下極エアロックが開いて斜路が繰りだされると、〝農夫〟や〝猟師〟たちは興奮して走りよった。エルトルス人を大よろこびで歓迎し、ハイパーカムの非常通信を何回も送ったのできてくれたのか、と、質問攻めにする。

集落に向かったエルトルス人の一グループはすっかり面くらい、だまされた。着火した発煙弾も焼き畑のように見えたのである。

チェルケルとハイタワスがひきいる男たち二百名は、救出のよろこびで有頂天になったように見せかけ、笑いさんざめきながら《グリッ》船内にはいった。シュナップスの瓶をエルトルス人に配り、狩りに誘う。叫び声、悪態、哄笑……一部の〝分別ある〟猟師たちは仲間をいさめようとして、かえって火に油を注ぐ始末。エルトルス人は人々の熱狂をしずめることができないばかりか、次の第二グループも宇宙船からひきずりだされてしまった。サヴァイヴァル生活のようすを見てくれと、集落に招待されたのである。

混乱状態が高じるなか、特務コマンドの男たちは船内でひとりずつ姿を消していく。

ついにチェルケルが攻撃を許可した。

男たちは司令室に突入し、目についたエルトルス人全員にパラライザーを発射。最初にはいった十数名が司令室を占拠した。操船技術を持つ男たちである。緊急スタートができないようにして、宇宙船を確保する。

《カルマ》にはいったエルトルス人グループは不意を襲われた。十五分後、全員が意識を失う。

第二グループは集落のなかでばらばらに別れるという誤りをおかした。住人はかれらを麻痺させ、すぐには見えないところにかくす。

船内の数カ所ではげしい戦いが起きたが、わずかにのこっていた麻痺ガスのボンベを空調システムに投入し、エルトルス人たちを無力化した。集落の老人や子供が、たよれる仲間につきそわれ、必要最小限の荷物を持って《グリッ》に集合する。

特務コマンドは発見した酸素マスクで鼻と口をおおい、《グリッツ》船内のまだ調べていない場所をパトロールした。エルトルス人を発見し、麻痺させるためだ。

戦いは二時間つづいた。

奇襲が勝利を可能にした。住人はよろこびに酔いながらも、ぬかりなく作業にあたる。ヴォイン、メラルダ、チェルケル、ハイタワスはあちこち駆けずりまわって全容の把握につとめた。失神したエルトルス人を宇宙船から出し、柵の向こうの集落に運んで数を数える。〝魔法の数〟は三百二十だ。

ほかの集団は集落から宇宙船への物資搬入を担当。ひっきりなしに《グリッツ》の外側スピーカーががなりたて、人々をせきたてる。かれらが持ってきた私物はわずかで、しかも食糧やがらくたのたぐいだったが。《グリッツ》船内の設備には、建造まもない《カルマ》をおぼえている人々も驚いた。無傷の最新設備の宇宙船というものを見たことがない人々は、目がくらみそうになっている。

すっかり暗くなる直前、コマンドは集落をパトロールし、のこっている者がいないか調べた。エルトルス人は三百十九名。作戦が終了するまでに、最後のひとりは見つからなかった。

ゆっくりと斜路を降りてきたハイタワスは、人々の列の横に見なれた姿を発見。

「ルルス！」

駆けより、族長の腕をとりながら、なにが起こったか説明する。それから友に、運びだされたエルトルス人をできるだけ避けるよう忠告し、かれらが死の危険に瀕したときにかぎって助けるようにとたのんだ。ルルスは注意深く聞いていたが、最後に、

「狩人の夢、実現したな、カー？　まるい宇宙船で飛んでいく。わかった？」

「わかった。でも、またきっとくる。そのときはきみたちをたずねるからな。それと、集落に行って、必要なものを好きに使ってくれ、カー？」

ルルスは悲しげにうなずき、

「われわれ、もういっしょに狩りしない。わたし、年とった。でも、狩人、若い。道ははじまったばかり。カー！」

「師であるきみのことはけっして忘れないよ！」狩人は約束する。ふたりは黙って視線をかわした。感情が高まり、さまざまな出来ごとの記憶が次々によみがえる。ルルスは理解したらしく、無人の集落と着陸脚と柵のあいだあたりをさししめし、

「狩人たち、飛んでいく。ほかの人間、みな連れて。太ったやつら、ここにのこる。さ、急いで。達者でな、狩人！」

ハイタワスは背を向け、ゆっくりと跳ね橋のほうに向かった。最終アナウンスが無人の平地にとどろく。最後までのこっていたコマンド三名が狩人に近より、集落にも《カ

ルマ》にも人間はだれもいないと報告。二十分後、宇宙船はスタートした。ハイタワス・ボールは操縦士の横に立ち、指示をあたえる。《グリッ》は最初の着陸地の近くに降り、はげしい雨のなか、外で待っていた人々とテラナー乗員を船内に収容した。うち三名はすでにジャングルで死亡していたが。

こうして宇宙船は惑星をあとにした。

＊

三五八六年二月二十日、《グリッ》はテラニア・シティの艦隊宇宙港に着陸した。着陸に先だって、あわただしい交信があった。そのため、ジュリアン・ティフラーとロナルド・テケナーが宇宙船の司令室にはいってきたときは、ことのしだいをすでにくわしく知っていた。すこし前に通信監視の任務を割りあてられたハイタワス・ボールが、テケナーに説明したのである。

いま、テケナーとボールは通廊で直接対面している。顔にラサト疱瘡《ほうそう》のあばたがある瘦身《そうしん》の男は、黙って相手を見てから、手をさしだした。

「ハイタワス・ボールだな？　きみのことはさっきメラルダ・コイルとじっくり話した」

「その情報は公平を欠いているかもしれません、サー。でも、メラルダは事実をねじ曲げたりしないでしょう」

テケナーはひやかすようににやにやして、

「そういうと思ったよ。きみたちみたいな男女がわれわれの組織には役にたつ。〝エイド〟は主導力と決断力のある人間を必要としているのでね」

ボールは思いきっていった。

「噂で聞いたのですが、エイドの要員はそろいもそろって若くて活発で知性があるのだとか」

これを聞いたテケナーは、愉快そうに高々と笑い、狩人の肩をたたいて、

「きみたち全員に命令が出て、あらたな配備が決まる予定だ。近いうちに直接わたしのところにきてくれ、ハイタワス・ボール。きみにぴったりの任務があるはず」

「つまり、その、その、若くて……」

「そうだ、その、若くて活発なチームに配属する。もしくは、似たような任務にね。もう考えはあるのだ。きみはいろいろな才能があるようだが、そういうのも難儀なものだな。近いうちに会えるな？」

考える時間は飛行中に充分あった。ハイタワスはさしだされた手を握り、

「もちろんです、サー。たぶん、あなたとは意見があうと思います」

テケナーはうなずくと、司令室にはいる。ハイタワスは、危険な道を歩んできた自分

の人生が決定的な局面を迎えようとしていることがわかった。族長の姿が脳裏に浮かぶ。ヴォルチャー・プールのジャングル生活は、すばらしい修業時代だったといえるかもしれない。キャビンにもどり、のこる装備と思い出の品を荷づくりしているあいだも、気分は最高だった。

時間超越者の帰還

ウィリアム・フォルツ

登場人物

ペリー・ローダン………………《ソル》のエグゼク1
アトラン…………………………ローダンの代行。アルコン人
グッキー…………………………ネズミ＝ビーバー
フェルマー・ロイド……………テレパス
アラスカ・シェーデレーア……マスクの男
ジョスカン・ヘルムート………サイバネティカー
ガネルク＝カリブソ……………時間超越者
キトマ……………………………謎の少女
バルディオク……………………超越知性体
ブルロク…………………………バルディオクの第四具象

1

第四具象ブルロクは谷の手前でエネルギー球体をとめ、周囲をうかがった。それまでのやり方では成果があがらず、ここ数日は捜索方法を変えている。バルディオクの〝始原脳〟をまだ発見できないばかりか、テラナーのシュプールも見うしなって、いまどこにいるのかわからないのだ。

バルディオクはペリー・ローダンをかくまっているのではあるまいか。無意識にそうしているのかどうかはべつにして。

だが、第四具象は敗北に甘んじてはいない。フルクースばかりでなく、ここに住んで超越知性体に仕えているすべての宇宙航行種族に対し、バルディオク殺害計画をかくしおおせたのだから。つまり、この方面からの脅威はないということ。

さらに、パラノーマル能力を使って特定の動植物に影響をおよぼす方法も習得した。

一部の個体をコントロールできるようになったのである。バルディオクの勢力がひろく拡大しているのにくらべると、ブルロクにしたがう者の数はわずかだが、それでも第一歩を踏みだしたといえる。

バルディオクは行動を起こせる状態ではないのかもしれない。自分の具象に狙われていることがわかっているのだろうか。

ブルロクは状況を冷静に判断した。ちいさな成功は希望の光ではあるが、バルディオクの本来のかくれ場を見つけられないかぎり、計画の実現はおぼつかない。

エネルギー球体はゆっくりと谷間に進入する。ブルロクは地面をくまなく探しはじめた。目標を達成するにはこれしかない。広範囲を対象にした作戦はどれも役にたたないと判明したから。

ブルロクが探しているのはバルディオクのかくれ場を示唆《しさ》するヒントだ。この方法でやっていけば、遅かれ早かれペリー・ローダンも見つかるだろう。

球体が進入した谷はゆるやかな丘にかこまれている。ほかの場所と同じくこの地域の植生も多彩で、樹木と藪のあいだにはさまざまな種類の動物がうごめいていた。その隙間を縫うように、バルディオクの大小さまざまな神経束や結節がある。このような谷は超越知性体の脳がひろがるのに理想的だ。だが、いくらそれらが繁茂していても、起点がどこにあるのかはわからない。縦横に無数の結合部があるからだ。ひとつの結節から脳の襞《ひだ》があらゆる方向に伸び、そこでまた新しい結節をつくっている。高いところから見ると、惑星バルディオクは目の詰んだネットのようだ。多彩な構造だが、始原脳のありかをしめすような特徴は見あたらない。

谷の反対側にフルクースの黒い円盤艦がある。数日前に着陸し、すでにバルディオクの〝挿し木〟を何本も積みこんでいることはブルロクも知っていた。これをほかの惑星に運び、バルディオクの支配領域を拡大することが、黒毛皮の任務なのだ。

テラナーは脳に似たこの被造物を〝小陛下〟と呼んでいる。

ブルロクにとり、フルクース艦隊のポジションもヒントにはならなかった。睡眠状態で無意識に会得《えとく》したらしいが、バルディオクのカムフラージュ術はほぼ完璧だ。バルディオクに滞在する宙航士で、始原脳がある場所を知っている者はひとりもいない。つねに超越知性体の命令をうけているにもかかわらず。

ブルロクは時間をかけることにした。一日じゅう谷をくまなく捜索したが、これといった発見はなく、夕方にはフルクースの着陸場へ。

エネルギー球体をしばらくフルクース艦の上空にとどめ、乗員のフルクース七体を観察する。かれらはちょうど〝収穫〟したばかりの小陛下がはいった容器を運びこんだところ。

黒毛皮が主エアロックの前で荷物をおろしたとき、ブルロクは球体のハッチを開いた。

「おまえたちの責任者はだれだ？」と、呼びかける。

七体のうちのひとりが進みでて、独特のがなり声で答えた。「名前はガルドシュと申しますが」

「わたしです」と、ブルロク。このフルクースの卑屈な態度が気にいったのだ。「わたしがだれか、わかるか？」

「〝主人〟の具象であられる」と、ガルドシュは答え、「ブルロクです」

「この惑星にもうどのくらいいる？」ブルロクがたずねる。

「四日です」と、答えがあった。「そのあいだに挿し木六本を運びこみました。あすまた出発します」

「わたしがきたのは〝主人〟とわたしに関係する問題を解決するため」と、具象は嘘をいい、「おまえたちが考えるより、問題はずっと複雑だ。そこで質問があるのだが」

ガルドシュはうやうやしく頭を垂れ、どのような質問にも答えるつもりだと態度でしめした。

「あるテラナーを探している。ペリー・ローダンという名で、この惑星にいるはずなのだ。この男について聞いたことは？」

「いいえ」と、ガルドシュ。

ブルロクはとくに驚かなかった。すべてのフルクースがガヌール銀河に動員されたわけではないから。

「身体的な特徴はおまえたちと似ている」ブルロクはつづけた。「だが、毛皮はなく、皮膚はつるつるして明るい色だ。グリーンの衣服でほとんどおおわれているが」

「そのような生物は見たことがありません」と、ガルドシュ。

多少のリスクもあるし、フルクースを混乱させるかもしれないが、具象はストレートに質問することにした。

「この惑星の〝司令部〟はどこだ？」

ガルドシュは助けをもとめるように仲間を見たが、

「だれにもわかりません」と、ついに答えた。

「そうか、よかろう」ブルロクはしだいにいらいらしてくるのを必死におさえ、「バルディオクで、なにか変なものを見なかったか？」

「見ました」意外な答えが返ってきた。「二回めの積み荷を艦内に運んでいるときに、不思議な飛行物体を見たのです」

聞き耳をたてていた具象は低い失望のうめき声を発し、

「バルディオクのメンタル・インパルスにおびきよせられた宇宙船だろう」と、いった。

「もし宇宙船だとしたら、かなり変わった構造でした」と、ガルドシュ。

いったん衰えた関心がふたたび頭をもたげ、

「なにを見たか、ぜんぶ話せ！」と、ブルロクはフルクースをせかした。

ガルドシュは精神を集中させている。その飛行物体がフルクースに大きな印象をのこしたのは明らか。

「あのとき、われわれはほとんど艦に帰りついていたのですが」と、宙航士。「突然、変な音がしたのです。うるさくはないものの、惑星の内部と上空から同時に出ているような音で……上を見ると、しじゅう外形を変えながら地表と等距離をたもって飛行している物体が見えました。大きさについてははっきり申しあげられません。輪郭が定期的に変化するのですから。それと、直接に見ると目が痛くなって」

「物体は強い光をはなっていたのか？」と、ブルロク。フルクースが光に対して過敏なのは知っている。

「そんなことはありません」と、ガルドシュ。「ただ不思議なのは、色もしょっちゅう変わることでして」

「だが、おまえたちは人工的な飛行物体だと思ったのだな？」

「はっきりはわかりません」ガルドシュは狼狽《ろうばい》して、「とても言葉であらわせない、未知のものでした。われわれ、過去にあんなものを見たことはありません」

信じられん！　ブルロクは思った。

バルディオクに依存してはいても、フルクースは冷静な種族で、かんたんに狼狽したりしないのだが。それに、超越知性体の補助種族の宇宙船はほとんど知っているはず。

「どっちへ飛んでいった？」具象は質問した。

ガルドシュは谷の出口を指さした。その先には山脈があり、最高峰が地平線上にぼんやりと見えている。

「あのあたりでとまりました。ずっと聞こえていた騒音は消え、色とりどりの光が滝のように地表に向かってひろがり、それからなにも見えなくなりました」

「爆発したんじゃないか？」

「いえ、爆発ではありません」宙航士がはっきりと応じた。

「荷電か？」と、ブルロク。

「そうかもしれません」と、ガルドシュ。「こうした現象について指示はうけていないので、通信記録を宙域の旗艦に送るにとどめましたが」

「その点に問題はない」ブルロクはしぶしぶ認め、「で、おまえたちの最高指揮官はなんといった？」

「記録は受理されましたが、それ以上はなにも……」

フルクースの最高司令部も、きっとなにもしなかったのだろう！　ブルロクは考えた。バルディオクが命令を出さないかぎり、フルクースが通常の任務の枠を超えて行動することはない。超越知性体がこの神秘現象に反応したかどうかも疑わしい。

いいかげんな推測は意味がないが、ブルロクはやはり心配だった。バルディオクが呼びだした同盟者が、その奇異な物体とともに到着したのではないだろうか？

違う説明もありうる。この出来ごとはまったく無意味で、未知の自然現象にすぎないという可能性だ。

ブルロクはフルクースたちの存在をほとんど忘れていた。かれらをこれ以上ひきとめるのは得策ではない。いくらぼんやりした頭脳でも、なにか気づいてしまうだろう。「作業をつづけろ」具象はガルドシュにいった。「挿し木を艦内に運ぶのだ」

黒毛皮は明らかにほっとしている。ブルロクの発する心理的圧力から解放されるのがうれしいのだろう。

ブルロクは完全に日が落ちるまで谷の最後の部分を徹底的に調べ、それからひと休みした。休養してよく考えるためだ。

山脈を調査し、未知勢力が介入したことをしめすシュプールを探したい……そう思いめぐらしたとき、驚くべき考えが具象の意識にのぼった。

テルムの女帝がバルディオクの中心惑星で活動しているのでは？

こうした状況では、おのれの勢力を拡大するための計画は見あわせるべきだろう。ブルロクはそう自覚した。テルムの女帝も執拗な敵である。

具象はふたたび気をおちつかせた。はたしてドゥールトはこの惑星の座標データを知っているのだろうか？　一艦隊をバルディオクの力の集合体の奥深くまで飛行させる危険は、たぶんおかすまい。敗北の危険性が高すぎるから。

だとすれば、なにが起こったのか？

きっとこの問いにこれからも悩まされることになるだろう。

そこで、山脈をとりまく一帯をよく調べることにした。そうすれば、バルディオクとペリー・ローダンがあらわれるかどうか見張ることもできる。ブルロクはエネルギー球体を動かした。飛行中は山岳地帯の動植物に意識を集中する。メンタル・インパルスに鋭敏に反応する生物がいるかもしれない。つまり、力強い味方が得られるということ。

たぶん反応する動物は数匹ほどで、ほかはバルディオクと緊密な関係にあるだろう。だが、ブルロクは超越知性体にコントロールされている生物とのつきあい方もこころえているのだ。

シェルノク、ヴェルノク、クレルマクを抹殺したのは間違いだったのだろうか。前任の三具象がいまいたら、支援を得られたかもしれない。だがその一方、三具象はバルディオクに揺るぎない忠誠心をいだいていたから、大きな障害にもなっただろう。

重要な点を見おとして、とりかえしのつかないミスをしているのではないか……ブルロクはしばしば、そういう気になる。情報がすくないため、すべてをあやまった関係性のなかで見ていないだろうか。しかし、だからといって、それは自分の計画を考えなおしたり、譲歩したりする理由にはならない。

具象はおのれの力を信じていた。

バルディオクと直接対決すれば勝てるだろう。超越知性体と違って、自分は動けるからだを持っているのだから。

それは戦いを決する重要な要因だ。

2

ペリー・ローダンは覚醒と睡眠のあいだをさまよっていた。その奇妙な状態は、ある夢に支配されている。バルディオクがもう数十万年も見つづけている悪夢である。そのあいだにバルディオクは超越知性体になり、力の集合体を築いたのだ。

植物におおわれて横たわるテラナーは、夢にくわわることができる。それがまるで自分自身の空想であるかのように。

ところが、自分自身の夢も鮮明であるため、二本の映画を同時に見ているような感じなのだ。

この夢のなかで、ローダンはじっくりと考え、決断をくだすことができた。自分がいる場所と状況もわかっている。

これはかなりのメリットだ。

欠点といえば、自由に動けないこと。だから、自分を守りつつ目標を追求するには、尋常でない方法をとらざるをえない。

これに関しては、予想をはるかにうわまわる進歩を遂げた。

数回だけだが、バルディオクの夢に介入できたのである。自分の考えをそこに反映させることにも成功した。そればかりか、周囲の動植物を手なずけることも学んだ。バルディオクの夢にはいりこんで、いずれは超越知性体とコミュニケーションをはかり、誘導することすらできるのではないか。〝会話〟のやり方はわからないが、バルディオクが目をさませば、それも不可能ではない。

バルディオクの夢はいつかは終わる。眠れる者は自分がしでかしたことを認識するにちがいない。

ローダンは承知していた。計画を実現する時間は無制限ではない。ブルロクはいまも自分を追っているし、超越知性体の始原脳を探してもいる。

バルディオクが目をさます前にブルロクがここにきたら、もう希望はない。具象はバルディオクを抹殺し、力の集合体の支配権を剝奪するだろう。

バルディオクは第四具象の存在は知っていても、なにを画策しているのかは把握していないらしい。その点では、超越知性体というより、なにも知らない子供のようなものだ。

眠れる者は夢のなかで独自の行動論理をつくった。そのため、一見すると矛盾だらけで理解しがたい出来ごとがしばしば起こったのである。バルディオクには自分の行動を批判的に評価する能力がないのだ。

ひとまずブルロクから逃げることに成功したとはいえ、ペリー・ローダンは幻想をいだいてはいない。たよれるのは自分だけで、運命がほほえむのを待つしかないのだ。バルディオクにくるフルクースやほかの宙航士たちと接触をこころみても、むだだろう。超越知性体がみずからに迫る危険を自覚しないかぎり、補助種族の者たちにそれをわからせることはできないのだから。

いま、ローダンは惑星の共生関係のなかに完全統合されている。こうして手にいれたカムフラージュをなにより信頼していた。これもガールマン・ウイルスのおかげだ。ただひとつ腑に落ちないのは、細胞活性装置のこと。通常ならこの装置は、あらゆる種類のウイルスに対して免疫をもたらすはずなのだが。

それとも、細胞活性装置は〝知っている〟のだろうか？　バルディオクの共生体として認められるためには、ガールマン・ウイルスの動物的要素が必要なのだと。そうであるなら、〝それ〟からあたえられたこの装置は、ローダンが思っていた以上にすばらしい能力を持っていることになる。

惑星との全面的な共生に成功したとたん、ローダンのからだの動物的要素は消えた。細胞活性装置がガールマン・ウイルスを不要なものとみなし、除去したのだ。

数日前、ペリー・ローダンのかくれ場がある谷にフルクース艦が着陸した。宙航士が小陸下を集めて艦内に収容する作業を開始。ローダンはコンタクトできるようになった動植物を通じて、そのプロセスを容易に知ることができた。

フルクースの出現は惑星バルディオクでは日常的な出来ごとだ。

だが、フルクースが二回めの挿し木を艦内に持ちかえったあと、あることが起きた。上空に奇異な飛行物体が出現したのだ。この物体の動きについては、うまい説明が見つからない。バルディオクの補助種族の宇宙船ではないかと推測したが、確信はない。

そこでローダンの思考はふいに中断された。ブルロクのエネルギー球体が谷に向かって飛行してくるのに気づいたのである。

眠りのなかにあるローダンは、いきなりパニックに襲われたように筋肉に力をいれた。

だが、からだがいうことをきかない。頭上の植物が震え、惑星をおおう超越知性体の脳の〝枝〟が、眠るテラナーを抱きこむように締めつける。

ローダンは最初、ブルロクに見つかったのかと思った。

だが、すぐにそれがばかげた考えだと気づく。

ずっと前から、ブルロクがいずれ谷の近くにあらわれると踏んでいた。この一帯は具象が自分のシュプールを見失った大陸にあるからだ。当然、ブルロクはローダンが消えた場所を徹底的に探そうとするだろう。

いま自分がいる谷を捜索する時期がきた、というだけのこと。

最初のショックからたちなおったローダンは、あらかじめ考えていた対策を実行した。コンタクトの成立した動物や植物が助けてくれるだろう。この〝同盟者〟たちは、ブルロクの興味をかくれ場からそらし、ほかの方向に向けてくれるはず。

さいわいブルロクは捜索にたっぷりと時間をかけ、ゆっくりと接近してくるらしい。ローダンは必要な指示をぜんぶ出してから、意識活動を最低レベルまでひきさげ、周囲の植物と同化した。惑星の植物を熱心に観察した結果、いまではかれらの〝内なる生命〟について熟知している。こうした植物には原始的欲求しかないと人間は考えがちだが、じつはその生命のかたちは人間の知性と同じくらい複雑なのだ。

ローダンはできるかぎりカムフラージュして、なにが起きるか見とどけることにした。ブルロクに発見された場合、ただちに殺される可能性もなくはないが、すくなくとも捕虜にされることは確実だろう。だが、すぐに目をさまして逃げられる状態ではないし、すぐに共生をやめることもできない。急な変化でからだがショックを起こしたら、それだけで死ぬことも考えられる。

午後の早い時間に、ブルロクはローダンが寝ている場所に接近した。

テラナーは攻撃的で憎悪に満ちた具象のインパルスを感じた。だが、その感情と興奮は、探しもとめる始原脳の持ち主であるバルディオクに向けられている。バルディオクを見つけて排除すれば、次なる生《い》け贄《にえ》のペリー・ローダンは苦もなく手にはいると、ブルロクは知っているのだ。

具象は非常に近くまできたが、なにかに気をそらされたらしい。無意識のうちにフルクース艦に興味が向いたのか。

それでもローダンは不安な時間をすごさなければならなかった。ブルロクが徐々にはなれ、黒い円盤艦のほうに飛びさるまで、その状態がつづく。

予想どおり、ブルロクはフルクース艦の上空で停止した。フルクースに尋問でもしているのだろう。

夜になるとブルロクは谷を去った。そのときになってようやくローダンは、自分がどんなに緊張していたかわかった。おちついてから、ふたたびバルディオクとのコンタクトをこころみる。

バルディオクの夢は人間の夢とは比較できない。脳のサイズを考えれば当然だ。だが、どのような状況であれ、超越知性体は広大な力の集合体で起きた出来ごとを確認し、それなりの対応をとらなければならないのだ。そのさい、夢のなかの論理にもとづく行動は、あまり意味をなさない。

ローダンはバルディオクの夢全体を理解することはできなかった、断片をうけとるだけである。

そこを突破口にしてはじめなければならない。ただ問題になるのは、ローダンのインパルスがバルディオクの始原脳に伝わっているかどうかだ。

動機はまったく違うにせよ、めざすところはブルロクと似ている。

ローダンは到達可能なバルディオクの夢の一断片に意識を集中した。内容が完全にわかるわけではないが、バルディオクの過去が関係していることはたしか。この数日間、しばしば同じようなことがあった。突然、思考が稲妻のように割りこんできて、夢を変容させる。ほかの強者たちに処罰される前に起こった出来ごとが、超越知性体をいまだに苦しめているらしい。

カプセルから脱出したのをケモアウクたちに見つかり、また罰をうけるかもしれないという恐怖が、バルディオクの行動に影響をあたえている。バルディオクの力の集合体が猛烈な勢いで拡大する原動力にすら、なっているのかもしれない。帝国が大きくなればなるほど、未知侵入者に対する防御は徹底的になるから。

ペリー・ローダンも共体験している夢のなかに、クモに似た黄色い皮膚の生物があらわれた。数百年前に小陛下の奴隷となり、そののち反旗をひるがえした者たちにちがいない。クモ生物が時間の経過とともに小陛下のヒュプノ暗示インパルスに免疫を持つようになったことから、この蜂起が起こったのだ。バルディオクにしてみれば、この種の事件ははじめてではない。超越知性体が巨大脳のあちこちにある生体記憶装置から事例を呼びだしているようすが、ローダンには手にとるようにわかった。

バルディオクはいつも補助種族に慎重な態度をもとめる。今回もそうだ。超越知性体にとって大切なのは、反逆的な文明に属する者を殲滅《せんめつ》することではなく、かれらを自分の帝国に統合することだから。

眠れるバルディオクが敵を破滅させようとしているのではないと知り、ペリー・ローダンは安堵した。目がさめたら事情を理解し、自分の行動を後悔するかもしれないというかすかな希望も持てる。そうなれば、テルムの女帝に対する全面戦争は回避できるのではないか。

ローダンは夢のつづきに意識を集中した。現実と空想を区別するのは容易ではない。バルディオクの夢にははっきりした境界がないからだ。時間と場所の特定もむずかしい。超越知性体の思考内容には、過去と現在の出来ごと、未来の計画が混在している。力の集合体の規模もはっきりしない。

どの夢も、さまざまな印象が交錯する万華鏡のようで、どれが重要なのか正しく判断できなかった。

黒いフルクース艦の一艦隊が黄色いクモ生物の惑星に着陸するのが見える。だが、過去のことなのか、現在のことなのか、計画中の作戦なのかわからない。

ローダンはこの夢を利用してバルディオクとコンタクトできないかと考えた。非常にむずかしいのはわかる。自分が見ているのは、バルディオクが体験している多種多彩な夢のほんの一部なのだから。いったいどうやったらバルディオクの注意をひけるのだろうか？

ローダンはいまの夢に徹底してとりくむことにした。まずその背景を理解しなければ。夢のなかにはいりこむことはできるのだろうか？　自分が登場人物のひとりになるとすれば、どの役か？

空想にふけった。クモ生物の惑星に着陸した宇宙船の艦内にいる自分の姿を想像する。自分はフルクースの責任ある司令官だ。名前は、バルディオクの夢に出てきたことがあるコースタル＝ダルヴにしよう。

だが、それだけではまだ、なにもしたことにならない。バルディオクの夢にうけいれられるため、この場面にぴったりの事件を考えだす必要がある。

ローダンはフルクース司令官になったつもりで考えた。コースタル＝ダルヴは、多くの血を流すことなくクモ生物に平和をもたらす任務を負っている、としよう。

新しい役になりきったローダンは、テルムの女帝の宇宙船がクモ生物の惑星に着陸するところをイメージした。チョールク艦である。この土星型艦と、原住種族の都市をめぐり歩いている重武装のチョールク二十数体を夢のなかに登場させるのは、苦もなくできた。

コースタル＝ダルヴは惑星の周回軌道からなりゆきを監視しているところ。

司令官がチョールク艦を攻撃せよとの命令を出す。

ローダンの空想はうまく組みこまれ、ついに、バルディオクの論理のみに貫かれていた無秩序な夢の一部になってきた。

慎重に話のつづきを考える。ほんのちいさなミスも、せっかくのイメージをシャボン玉のようにはじけさせる危険があるからだ。そうなれば、バルディオクの夢は独自の発想にしたがって先に進んでしまう。

さいわい、バルディオクは夢のなかにチョールクの土星型艦の存在をうけいれた。ローダンが夢から離脱したら、超越知性体はこの空想にどう反応していくだろう。それを外から観察するのはおもしろいだろうが、それだけは避けたいもの。

ローダンはコースタル＝ダルヴの役を演じきり、敵艦に砲火を浴びせ、破壊した。生きのびて降伏したチョールクの司令官は捕らえられ、フルクースの旗艦に収容される。

コースタル＝ダルヴは司令室で捕虜を迎えた。

尋問の開始だ。

「チョールク、きみの名前は？」

「バルシクだ！」

「バルディオクの力の集合体にある惑星に着陸したな。処罰されることはわかっているだろう。なにかいいたいことはあるか？」

バルシクは口を開き、

「わたしはバルディオクに重要なメッセージを持ってきた！」

「まさか」コースタル＝ダルヴは驚いていった。ここで急にかれは透明になり、バルシクといっしょに宇宙船の司令室から消えそうになる。

ローダンは理解した。この場面はバルディオクの夢の論理にあわないのだ。

「バルディオクは眠り、夢を見ている！」完全に消えてしまう前に、バルシクがいった。

「かれは目をさまさなければならない……」

映像が消えた。覚醒したローダンは、自分が一瞬にして夢から排除されたことを知る。それから先がどうなったのかはわからない。だが、バルディオクは夢を修正し、全体像に合致するようにしたのだろう。

バルディオクは外からの感覚による印象を拒絶し、殻に閉じこもってしまった。この方法では太刀打《たちう》ちできないのか。

正しいやり方だと思ったのだが。

それでも、かすかな希望はあった。〝グローバル脳〟の中継器がこの瞬間、夢の登場人物バルシクの言葉を処理し、調べている。なにか波及効果があるかもしれない。

ローダンは実験を続行しようと決心した。

現在の場面を使ったのが間違いだったのかもしれない。バルディオクは夢のなかで過去をくりかえし再現しているから、過去が成功の鍵なのではなかろうか。
そこに糸口があるにちがいない。
ローダンは自分の意識がふたたびべつの夢とつながるのを、根気強く待ちつづけた。

3

バルディオクと予期せぬ出会いをしたガネルク＝カリブソは、長いあいだショック状態におちいった。到着するとすぐに、時間超越者は自分の飛翔体を〝ほどき〟、惑星の大気と〝からみあわせ〟る。そこからいつでもまた飛翔体を呼びだし、使用可能なかたちにもどすことができるのだ。

とはいえ、当面、この惑星を去ることは考えていないが。

はるか昔、ガネルクは大群の監視者だった。いまはケモアウクからうけた最後の任務をはたすためにここにいる。森はずれの倒木の幹にすわり、そのあたりまで伸びているバルディオクの新しいからだを見ていた。

〝そこに行き、バルディオクを解放するもしないも、きみの自由だ〟

ケモアウクのメッセージにあったこの文章が頭にこびりついている。

カリブソがここにきたのは、カプセルに閉じこめられたバルディオクの脳を破壊するため。その方法でしか、かつての永遠の同盟、すなわち〝時間超越者の同盟〟に属する強者たちは救済されないから。

だが、ここでなにが起きるのか、ケモアウクは予測できていなかったのだ。

カリブソはすこしずつおちつきをとりもどした。

この惑星で起こったことを再現してみる。なんらかの事情で、壊れないと思われていたカプセルが破壊され、バルディオクの脳が解放されたのだ。脳がこの瞬間に死ななかったのは奇蹟に近い。きっと、その前から惑星の動植物と共生関係にあったのだろう。

その後、脳は成長し、いまや惑星全体をびっしりと網の目のようにおおっている。

それればかりではない。バルディオクは惑星外文明とコンタクトする方法も発見したらしい。惑星のいたるところで、宇宙船がひっきりなしに離着陸している。ほとんどが黒い円盤艦だ。操縦する生物がバルディオクに仕えていることは明らか。

つまり、この巨大脳はここからほかの惑星もコントロールしているということ。

カリブソは巨大脳の強力なメンタル放射を感じたが、まったく影響はうけなかった。免疫があるからだ。

バルディオクは〝同胞〟の出現に気づいていない。それ以外にも、通常の能力からは考えられないおろかさを露呈している。

考えられる説明はひとつのみ。自由に使える巨大有機体を持つにもかかわらず、バルディオクは自分の精神力を完全に掌握できていないのだ。一種のトランス状態におちいっているらしい。

バルディオクはここで起こっていることに対し、責任をはたせる状態にない。どんな問題があるにせよ、解決は不可能だ。

カリブソはどうしたらいいかわからなくなった。ケモアウクから託された任務には、もはや正当性がないのではないか？

惑星をおおう有機構造体を自分ひとりで破壊するのはむずかしい。そもそも、計画そのものが遂行可能なのだろうか？　どうやってバルディオクを殺すのか？　たぶん未知宙航士との戦いに巻きこまれるし、惑星全体を破壊すれば自然の種も絶滅の危機にさらされるだろう。

はるか昔に、脳は生命維持システムを装備したカプセルを出て、自己拡大することに成功した。

いまカリブソの目前にひろがるのは、その成果である。

バルディオクはこうやっておのれの流刑と処罰とに折りあいをつけたのだろうか？

バルディオクは幸福なのか？　自由なのだろうか？

こうした疑問が出てくること自体、問題の哲学的側面だけをとっても、すでに解決が不可能だということをしめしている。

奇妙な考えが浮かんだ。

ケモアウクは、ここでなにが起こったか知っていたのでは？　それで自分を送りこんだのではないだろうか？

いずれにせよ、この疑問を解決しなければなるまい。これから先、とほうもなく長い時間がかかるだろう。

カリブソはかぶっていたシリンダー帽とも呼ばれるシルクハットをとり、大群の監視者だった時代の器具や武器を調べた。これから頻繁に使うことになるかもしれない。すべての器具が問題なく作動すると確認してから、こんどは殲滅スーツをひろげた。折りたたんでちいさくしてベルトにつけていたものだ。スーツをふたたび手にいれたことで、時間超越者の同盟にもどることも可能なはずだが、いまここいるのはおちぶれたバルディオクと自分のみ。強者たちの姿はない。ケモアウクはまだ生きているかもしれないが、それも憶測にすぎない。

カリブソは殲滅スーツをチェックした。

ガネルク＝カリブソがはいっている人形のからだには大きすぎる。だが、このスーツは装着者のからだにぴったりフィットする特性があると、かつての監視者は知っていた。これを着用しているかぎり、未知宙航士が攻撃してきても安全だ。まだ攻撃されたことはないが、あらゆる危険性にそなえ、武装するにこしたことはない。

もと強者はスーツを着用し、脳の〝枝〟に近づいた。

「バルディオク」と、小声でささやく。「わたしが見えるか？　聞こえるか？　きみがやったことはすべて知っている。だが、きみを憎んではいない。殺すのではなく、助けたいと思っている。いまいいたいのはそれだけだ。わかったら合図をしてくれ」

だが、なにも起こらない。この惑星の劇的変化を予見していなかったカリブソは、時間をさいてバルディオクを徹底調査しようと考えた。状況をくわしく知るためだ。それから、バルディオクとコンタクトする方法を探ろう。

まずはバルディオクがはいっていたカプセルの位置を調べることにした。いま頭を悩ませている数々の問題の答えを見つけるには、それが手っとりばやい。

通常なら、カプセルを探すのはそれほどむずかしくなかっただろう。生命維持システムには小型送信装置がついており、ガネルク＝カリブソの器具を使えば、インパルスをかんたんに探知できるからだ。だが、それができないところをみると、バルディオクが脱出したときに生命維持システムはとまってしまったらしい。

時間超越者は未知宙航士たちを避けるようにして進んだ。もっとも、かれらのほうはカリブソを気にとめていないらしい。この惑星にいる者はバルディオクの敵ではないと思っているのだろう。

小人のしわくちゃな顔に、笑みが浮かぶ。

宙域にはバルディオク補助種族の無数の監視船が展開している。だが、カリブソが乗ってきた奇妙な飛翔体の到着はまったく気づかれなかったらしい。

一種の優越感がカリブソにいい効果をもたらした。

内面でどんどん強くなっていたもうひとつの感情……孤独感が相殺《そうさい》されたのである。自分が時間超越者の同盟の最後の生きのこりらしいと知ってから、孤独感に苦しんでいた。かつてバルディオクであった奇怪な脳の近くにいても、その思いは変わらない。同胞のひとりが到着したと知ったら、奇異な状態におちいっているバルディオクはどう反応するだろうか？

まさか、パニックに襲われて攻撃してきたりはしないだろうが。

大気とからみあわせた飛翔体を山脈の高みにのこし、ガネルク＝カリブソは山を降りはじめた。展望が開け、惑星をおおう脳の全貌がよく見える。持ってきた器具が事前に各種宇宙船の着陸場をしめしてくれるので、それを回避して進んだ。

一度、飛行中のエネルギー構造体を探知した。不鮮明なメンタル・インパルスが迫ってきたが、カリブソが対処する前に、謎の物体はふたたび視界から消えた。

これからも不測の事態が襲ってくるにちがいない。

風変わりな陸地を一日じゅう歩きまわったが、カリブソは疲れを知らなかった。夜になってようやく休む。闇のなかを歩くこと自体はむずかしくない。だが、日中の観察結果をひとまず検討してみたかったのだ。

適当な休憩場所を探していると、褐色毛皮の小型動物に気づいた。齧歯類《げっし》だ。動物は日没直後でまだ恒星の温かみをおびている石の上に乗り、黒い目でじっとカリブソを見つめている。

動物の反応は奇妙だった。カリブソが一歩近づき、両腕を動かすしぐさをしても、逃げようとしないのだ。

ほかの動物もそうだが、この齧歯類のからだにも生体組織の塊りのようなものが付着している。惑星全体にひろがるバルディオクと自然界の共生関係の一員である証拠だ。

「バルディオクの使者か？」カリブソは驚いてたずねる。

言葉の意味がわからないのは明白なのに、動物は頭をあげた。

「わたしになにを期待しているか知らないが」と、カリブソはつづけて、「どこかに連れていくつもりなら、ついていくぞ」

興奮をおさえるのに苦労した。バルディオクと話せるかもしれないという可能性が突如として浮上したのである。たがいに理解しあえるか、はっきりしてもいないのに。

しばらくすると動物は石から降り、カリブソからはなれていく。

「いいだろう」と、時間超越者。「あとについていこう」

小人は歩きはじめた。

動物は川にそって進む。巨大脳の襞の上を無数の〝生体の橋〟が通っていた。岸には灌木とさまざまな花があり、その隙間にもバルディオクの〝側腕〟が伸びている。夜でも見える目を持つカリブソは、川が急カーブしているのがわかった。高くつきだした岩を選びながら前進する。

突然、罠にかかったような感覚に襲われ、停止した。周囲はどこもしずかだ。探知装置は危険が迫っている徴候をしめさない。だが、殲滅スーツの機能が強化された感覚がある。齧歯動物はカリブソが絶対ついてくると確信しているのか、岩と岩のあいだに姿を消した。

小人はとまどった。バルディオクが自分をすでに発見し、手を出される前に殺そうとしているのか？　バルディオクはこちらの意図を知らないはず。だが、だれかがおのれをふたたび罰しにくることは想定しているにちがいない。それに対して必死に抵抗したとしても、驚くにはあたらないのだ。

カリブソは前進することにした。殲滅スーツを信頼しよう。すくなくとも不意の攻撃によるダメージから守ってくれるだろうから。次の一手を考える時間は多少あるだろうし、必要なら逃げればいい。

自然が環状にならべた岩のあいだを通りぬけた。

空き地の地上すれすれのところに、直径五メートルほどの黒っぽい色の球体が浮遊している。

すでに一度、探知していた物体のことを、ふと思いだした。同じものだろうか？　そうであれば、この物体の所有者は、探知されないように全エネルギー源を停止したということか？

例の齧歯動物はどこにも見えない。目的を達成し、自然界にもどったのか。

時間超越者は球体を観察した。未知技術の産物らしい。飛行可能なことはたしか。そうでなければ、岩のあいだをすりぬけて、ここまでくるはずがない。

その瞬間、メンタル・インパルスの大波が襲いかかってきた。ヒュプノ暗示性のインパルスだ。ここにほかの生物がいたとすれば、殺されるか、戦闘能力を奪われるだろう。免疫を持つ時間超越者はその心配がないが。

球体を凝視する。バルディオクの武器なのだろうか。

インパルスには特殊な命令はふくまれていないが、生け贄を麻痺させ、意志を奪う効果があるらしい。

「そんなことをしても意味はないぞ、バルディオク」ガネルク＝カリブソはゆっくりといった。「それに、わたしはきみに危害をくわえるためにきたのではない」

とたんにインパルスが中断した。

球体が明るくなり、光をはなってエネルギーをおびる。外被が透明になった。その内部にみずからの似姿であるデログヴァニエンの人形使いを見て、カリブソは驚愕した。乳濁した液体か特殊な混合気体のなかで、その姿が動いている。球体内部にもう一体、べつの人形がいるとは思えないのだが。

カリブソ本人と違うのは、殲滅スーツを着用しておらず、裸であること。バルディオクが考えだし、協力者たちの技術で実現した、プシオン性のトリックだろうか。

そのとき、球体からくぐもった声が聞こえてきた。

「わたしはバルディオクではない」と、いっている。「だが、おまえの正体の謎は深まるばかりだ！　原初の言語……七強者の言語を話すようだが」

「きみと同じにな！」ガネルク＝カリブソが反撃する。「バルディオクでないなら、いったいだれだ？」

一瞬しずかになり、それから物音がした。うめき声のようだ。

「ガネルクだな！」球体内の存在が叫ぶ。「バルディオクについてわたしが知るかぎりでは、おまえはガネルクにちがいない。のちに監視者カリブソとなり、その姿をとるようになった」

時間超越者はあらゆる覚悟をしていたが、バルディオクでないと自称するだれかに正体を見やぶられるとは思わなかった。惑星に到着してバルディオクの異変を知ったときと同じくらいのショックをうける。

「いかにもガネルクだが」と、ついに声を発し、「なぜ、わかった？」

「わたしはバルディオクの第四具象、最後にして最強の具象であるブルロクだからだ」

カリブソはブルロクの名を知らない。この説明は答えになったどころか、かえって多くの疑問を喚起した。

「もし、おまえがガネルクなら」と、エネルギー球体のなかの謎の存在は、「バルディオクがのこりの刑を終えたかどうか、知るためにきたのではないか？　わたしを同盟者と認めるなら、力になってやろう」

カリブソはまさに不意をつかれた。

ここでなにが起きているのだ？　ブルロクはバルディオクの具象だと名乗った。いったいどう解釈すべきか？　おそらく、バルディオクの敵対者だろう。どうやってここにきたのか？　バルディオクはなぜ、自分の近くにブルロクを置いておくのか？

カリブソは疑問に圧倒されそうになった。無意味な憶測に押しつぶされそうだ。なにも理解できない。

「バルディオクを罰することは、わたしの関心事ではない」ようやくいった。「バルディオクを救済するため、ケモアウクはわたしを送りこんだ。ここでどんな目にあうのか、想像もつかない」

「これからどうするつもりか？」ブルロクがきいた。

「まだわからない」カリブソは正直に答え、「惑星を偵察してから決めようと思う」

「よく考えて行動しろ」と、ブルロクが要求する。「バルディオクは犯罪者だということを忘れるな。しかも、当然の処罰をまぬがれている」

「それははるか昔のことだ」時間超越者が考えこみながらいった。「もうわたしはバルディオクを憎んでいない。わたしが時間超越者の同盟から追放されたのは、たしかにかれの罪だが」

「わたしはあいつを抹殺するつもりだ！」ブルロクがいった。

カリブソは縮みあがった。その言葉にかくされた凶暴な決意を感じたのである。この具象が体現している不吉さを垣間見《かいまみ》たような気がした。

「きみはバルディオクとどういう関係なんだ？」と、たずねる。

ブルロクはそれに答えて、

「バルディオクはみずから築いた力の集合体をひきいることができない。寝て、夢を見て、そのあいだに多くの誤りをおかした。カタストロフィがしじゅう起きている。なにしろ、超越知性体はそれをコントロールする力がないのだから」

むきだしの殺人欲にかられているのかと思ったが、具象はむしろ絶対権力への意欲に支配されているらしい。バルディオクのあらゆる悪《あ》しき特性が、第四具象のなかに統合されたのだろう。

それでも自分はこの対決に介入する権利があるのだろうか？　かつての大群の監視者は自問した。なりゆきにまかせるべきだろうか？

「わたしは始原脳のかくれ場を探している」ブルロクの声がふたたび耳にはいってきた。「脳はかつてカプセルがあった場所に、まだあるにちがいない」

「わたしもその場所を探している」カリブソが打ちあけた。

「それなら手を組もう！」

「いや！」時間超越者は事態の流れに巻きこまれる恐怖にかられて叫んだ。「わたしはまだ状況を正しく判断できる状態ではない」

ブルロクががっかりしたかどうかはわからない。いずれにしても、球体内部が暗くなり、具象は見えなくなった。だが、まだ声はする。

「バルディオクとコンタクトしようとしている者がもうひとりいる」と、ブルロク。「かれのシュプールをわたしは見失ってしまった。惑星をおおう共生関係に組みこまれたのだろう」

「だれのことだ？」

「人間だ」と、ブルロク。「ペリー・ローダンという」

バルディオクにやってきてから三回めのショックで、時間超越者は完全に打ちのめされた。

4

どうやら、ブルロクは惑星バルディオクの動植物をコントロールするすべを会得したらしい。対象となる動植物はまだ数がかぎられるが、ペリー・ローダンは、これを過小評価するわけにはいかなかった。かくれ場がある谷を捜索されて以来、ブルロクとのコンタクトはない。具象が現在なにをしているのか、ローダンは知らなかった。

それがかえって、ブルロクが間近にいるよりも不安をあおる。

ローダンは、瀕死のバルディオクが死亡したというシグナルを突然キャッチすることを恐れた。もしも具象が超越知性体の始原脳を探しだし、まだ眠っているうちに殺してしまったら、この終末論的幻想が現実のものとなる。

それはローダンの死も意味する。すぐに共生状態からぬけられるかどうか、はなはだ疑問だからだ。万一できたとしても、遅かれ早かれブルロクの生け贄となる。具象はその後も、おのれの計画にあわないすべての者を底なしの復讐心で追いかけまわすだろう。

この考えが重くのしかかり、ペリー・ローダンはバルディオクとコンタクトする気すら失せそうだった。

緊張を解こうとこころみる。バルディオクの夢の断片をキャッチし、処理しよう。もう一度、眠れる者の夢のなかにはいりこみたい。最初は完全に失敗したが、こんどはまったく違う経緯をたどるかもしれないではないか。

バルディオクを一回で起こそうとしても意味はない。あくまでも忍耐が必要だ。

ローダンはバルディオクの夢のなかに、おのれの思考構造を定着させようと決めた。自分の空想をしっかり根づかせれば、バルディオクがそれをうけいれ、みずからの生体中継器を介してほかの夢に組みこむ可能性が出てくる。

自分が送りこむ空想には重要な意味があると、バルディオクに思わせなければならない。そうしてこそ、眠れる者に完全に受容されるというもの。

物語の素材が超越知性体の過去にあることは明らか。バルディオクの流刑前に起こったことは、いまだに宇宙の悪夢のひな型だからだ。

そこを糸口にしなければ。バルディオクに持続的な作用をおよぼす〝反・夢〟を構築することで、超越知性体がおのれの失敗を認識し、ついには目をさますようにしむけるのだ。

この〝反・夢〟には真のショック効果がなければならない。

どのような悪夢もいずれは臨界点に達し、眠れる者を覚醒させるもの。バルディオクがそうならないなら、そんな状況を人工的につくりださなければならない。

理論的にはわかっている。だが、問題はそれを迅速に実行できるかどうか。

ローダンは思わず身をすくめた。突然、自分の〝精神の目〟の前に、バルディオクの夢の像があらわれたのだ。超次元性パズルのピースのようで、風景、人物、物体がいりみだれている。意味がないように見えるが、この一見とりとめのない出来ごとの背景にひとつの流れがあるとわかっていた。バルディオクの夢にはよけいなものがふくまれている。これらは眠れる者の潜在意識から生まれ、夢の非合理的論理を維持するために必要なものだ。

この副次的現象を無視し、夢の〝核〟を理解しなければならない。ローダンは偶然の連続のように見える映像に集中した。

現在の夢は第四具象に関するもの。ローダンはうろたえた。バルディオクがブルロクの計画を見ぬいていないのでは、という心配が的中したのだ。

バルディオクはブルロクの不服従を危惧しながらも、すでに力の集合体の外縁部に具象を投入することを計画していた。この計画は同時に、将来の夢の基礎となっている。

過去の場面については手がかりを見つけられなかった。バルディオクがカプセルから脱出した時点よりさらに前の出来ごとに関するものである。

しかし、時間的な制約も考慮し、ローダンは慎重に実験を開始することにした。

なにが重要かはわかっている。バルディオクの夢論理は、おのれの悪行を正しいとしてうけいれるか、そうでなければ排除する。したがって、未知の恐怖映像を夢にこっそりもぐりこませるのがポイントだ。

ローダンの空想力はこの種のヴィジョンをいくらでも描ける。細胞活性装置を保持しているせいで、いやなことをたくさん経験するのに充分なだけ生きてきた。第三勢力の地球防衛戦争をはじめとして、島の王たちとその恥知らずな実験、ナウパウムへの〝脳の彷徨〟、非人間的なアフィリーまで。

こうしたさまざまなネガティヴ映像をバルディオクの夢にひそませることができれば、かなりの進展だ。だが、それは救いを意味しない。夢のなかでバルディオクに、こうした事件が自分の力の集合体の域内で起こったものだと自覚させ、事件の責任は自分にあると思わせなければ。

ローダンは思考のなかで恐怖のカタログをつくった。

そのなかにふくまれるのは、オーヴァヘッド、精神寄生体IVs、トマス・カーディフ、イラチオ・ホンドロ。〝反それ〟、トレヴォル・カサル、ローリンもいる。カピンのタケル人、ナウパウム銀河のサイナック・ハンター……さらに、ネガティヴ映像のクライマックスではけだもの種族ウレブが重要な役をになう。

ローダンの頭のなかを、これまでのいまわしい記憶の数々が走馬灯のように駆けめぐった。第三勢力が生まれて以来、起こったすべての恐ろしい事件を、ふたたび追体験したのだ。

それらを超越知性体の夢に忍びこませ、夢論理に適合させようとこころみる。個々の事件だけを見れば、眠れる者はすぐに非論理的とみなして排除するかもしれない。だが、すべてをあわせれば、ひとつの完結した映像になる。それをかんたんに無視することはできないだろう。

ローダンが見守っている夢断片の発生源であるバルディオクの一部は、もはやデータを処理できなくなってきた。物語が通常の枠におさまるかどうか、決定をくだすこともできない。

こうして、ローダンが望んでいたとおりのことが起きた。

惑星脳の結節を通して、テラナーの恐怖映像がほかの領域に伝えられたのだ。情報はフィルタリング処理されてとどくので、バルディオクはそれが誤りかもしれないとは考えず、そのままうけいれることになる。

〝はなれたところ〟から観察していると、超越知性体の不安がひろがっていくのがわかった。

状況が推移するのをじっと待ち、結果を見るしかない。ローダンは休みなく、さらなる思考映像をつくりだした。ウレブをあらゆる恐怖の中心存在にしたてあげていく。

こうした空想の産物が力の集合体の領域内に出現し、小陛下の助けを借りて、ひそかに殲滅キャンペーンを開始している……と、バルディオクに示唆しようとしたのだ。

5

《ソル》が到達したのは、そのかたちと色から乗員たちが〝青い目〟と呼び、フルクースが〝バルクセフト〟と名づけた銀河である。探知・測定装置がもたらした情報に、探知士とハイパー物理学者は興味津々《しんしん》だった。

バルクセフトの五次元性ノイズレベルは非常に高い。ほうぼうで妨害インパルスの音が聞こえ、宇宙にある物体の正確な探知をむずかしくしている。

とはいえ、この現象は銀河の構造に起因するもので、巨大ダンベル船の安全は侵害されない。乗員の関心は薄れていき、幹部たちも悩むほどではなかった。そうでなくてもさまざまな問題をかかえているのだから。

だが、人々がとっくに日常の作業にもどった《ソル》の探知センターで、ただひとり、この問題ととりくんでいる者がいた。ジョスカン・ヘルムートだ。

《ソル》生まれのスポークスマンには、この風変わりな発見にかかわる時間がたっぷりあった。バルクセフト到着以来、《ソル》生まれとテラ生まれの緊張関係がすこし改善されたからである。

この銀河に超越知性体バルディオクの司令部があるのはほぼ確実だ。つまり、〝ダモクレスの剣〟の故事ではないが、宇宙船にはつねに脅威が迫っているということ。最近よく起こっていたようないざこざを許容する余裕などないのだ。《ソル》が大宇宙の安全領域にもどったら、双方の対立がふたたび火を噴くこともあるだろうが……と、リアリストのヘルムートは考える。

だが、いまは技術的・科学的問題にとりくむとき。そのため、ロボット・ペアのロミオとジュリエットを自分の実験室に連れてきて、《ソル》の計器貯蔵庫から各種装置をとりよせたのである。

それらを組みたて、接続し、数時間前からようやく使用できるようになった。

「このノイズと妨害インパルスだが、バルディオクと関係があるのでは？」ヘルムートは箱型ロボット二体を見ていった。二十世紀の人間が思いうかべたであろうロボット像にぴったりの外見をしている。

答えがない。ロボット・ペアのどちらかに直接、話しかけなければならないのを思いだして、いいなおした。

「どう思う、ロミオ？」

「比較の対象がありませんから」ロボットが答えた。

ヘルムートは顎をかきながら、

「そんなことはないだろう?」と、応じる。「探知センターの人間にたのんで、記憶プレートのコピイをもらおう。《ソル》の飛行中に記録されたハイパー・エネルギーの測定結果がはいっているだろうから」

「たしかに」と、ロミオ。「それもひとつの可能性かもしれません」

「わたしの意図を本当に理解したのか、わが友よ」ヘルムートは皮肉をいってからインターカムに近づき、「測定結果を比較したい。バルディオクの補助種族と小陛下が占拠している宙域と、それ以外の宙域に差があるか調べるためだ」

「つまり、この妨害ノイズの特徴は、バルディオクがかかわっている宙域すべてに共通すると考えているのですね!」ジュリエットがとりなす。

「そのとおり!」サイバネティカーは賞讃するように、「わたしの考えを理解したな。比較は探知士がしてくれるだろうから、ここでは特定のインパルスについて調べよう」

ヘルムートは探知センターに連絡し、用件を伝えた。

「問題ないが」と、当直探知士はつづけて、「それはなんのためだ?」

ヘルムートはにやりとして、

「わたしの誕生日に祖母が送ってくれたはずのお祝いがとどかなかったので、調べたくてね」

「また悪い冗談を！」探知士は感情を害したらしく、勝手に通信を切断してしまった。

《ソル》生まれのスポークスマンはふたたび計器にかがみこみ、

「妨害インパルスと確認されたものは、なにか意味があるのかもしれない」と、考えを口に出した。「ロミオ、この妨害インパルスを〝あるもの〟として解読するためのコードを見つけだせばいいんじゃないか？」

「メッセージとして、ということですね」ロボットは淡々といった。

「ふむ！」ヘルムートがうなる。

「われわれがコードを見つけて解読できると思うのですか？」と、ジュリエット。「あなたが要求したのは変調技術をつきとめることで、それ以上でも以下でもありません」

「きみたちだけでとはいっていない」と、ヘルムートはなだめる。「セネカと協力する許可をあたえるから」

「この状況で、幹部の同意なしにはハイパーインポトロニクスを個人の研究目的に使用できないと思いますが」ロミオが口をはさむ。

「なんだって？」ヘルムートは目をぱちぱちさせながら、「これが個人の研究だとだれがいった？　この謎が解きあかされれば、全員の益になる」

反論がなかったところをみると、ロボット二体はかれのいいぶんを認めたらしい。

「では、はじめよう」と、提案し、ちいさなスクリーンをさししめした。「バルディオクのメッセージをこの装置にうつしだせるかもしれない。考えてもみろ。バルディオクの映像を司令室でアトランたち幹部に見せることができたら……」

「あなたの発言にはかなり仮説がふくまれていますが」ロミオが指摘する。

「たしかに」ヘルムートは冷静に認め、「それは自分でもわかっているさ」

かれらは協力して作業を開始した。必要に応じてロボット・ペアがセネカに連絡すると、セネカからは瞬時に分析結果がもどってくる。

探知センターからついに連絡がはいった。

数時間前に話をした探知士が、

「おばあさまから、よろしくとのことだ」と、皮肉をこめて、「鼻まですっぽりおおえるような襟巻きを編んでいるらしい。きみが宇宙の冷気に鼻をつっこんで嗅ぎまわるものだから、鼻風邪をひかないかと心配していたぞ」

ヘルムートはインターカムのスクリーンをじっと見て、

「その話は終わりだ」と、しずかに宣言し、「なにかわかったか？」

「たぶん、きみの予想どおりだ。バルディオクとかかわりがある全星域で、この妨害ノイズが測定されている。ノイズレベルは小陛下の数に比例して高まり、もっとも高かったのは、超越知性体の力の集合体に直属の領域だった。それでも、バルクセフトほどの高さはこれまでにない」

ヘルムートは片手で膝をぴしゃりとたたき、

「すばらしい！」と、勝ちほこったように叫んだ。「では、これから……」

「待ってくれ！」と、探知センターの《ソル》生まれが割りこむ。「なにを考えているか知らないが、このインパルスがハイパー領域のものだということを忘れるな。つまり、五次元性ということ」

「忘れるもんか！」と、ヘルムート。

「プシオン性のシグナルだということも？」

「当然だ！」

「〝鍵〟を探しているのだな？」エンジニアがいいあてた。

「なかなかおつむがいいじゃないか！」と、うなずき、「だが、きみが他言しないと信じているぞ」

「だれに話すと？」探知センターの男の声には侮蔑のニュアンスがまじっていた。「司令室の地球生まれにか？」

ヘルムートは相手を懲《こ》らしめようと思ったが、その前に映像は消えていた。ほとんどの《ソル》生まれは、ヘルムートが両陣営に対して中立的立場だと知っている。

「なにがあったか、聞いただろう」かれはロミオとジュリエットにいった。「わたしの疑念はあたっていた。あとは、解読のための情報コードさえあれば……」

「いまわかっているのは、われわれがなにかを探しているということだけです」と、ロボット・ペア。「偶然が味方しなければ、なにもできません」

そういわれても、ヘルムートは動揺しなかった。小陛下が有機構造体だということはわかっている。パラメンタル・インパルスに反応しないで、ほかのなににに反応するのか？　おそらく、バルディオクは補助種族たちにハイパー暗示性の思考映像を提供しているのだろう。

巨大遠征船《ソル》がゆっくり慎重にバルクセフトの奥深くへ進入するあいだ、かれらは作業を続行する。

ヘルムートは睡眠もごく短時間しかとらなかった。そのあいだもロボットたちが統計をとって分析できるよう、指示をあたえる。

自分自身で計画した三回めの睡眠から目ざめたとき、ロミオがいった。

「訪問者です！」

天井のまばゆい照明に目をしばたかせたヘルムートは、扉のところにアトランが立っているのに気づいた。

アルコン人は実験室中央にあるヘルムートがつくったシステムをさししめし、

「きみが最近ひきこもっている理由はこれかな？」と、たずねた。

ヘルムートは眠気を振りはらって、

「そうです」と、小声でいった。「でも……まだ完成の域に達していません」

「きみは特権を行使してセネカを使っている！　規則は知っているだろうな？」

ヘルムートは肩を落とし、

「あなたはわたしにやめさせようと？」

「いや、ここでなにをしているかくわしく説明すれば、そうはしない」と、アルコン人。ローダンがブルロクに誘拐されて以来、《ソル》の最高指揮官をつとめている。もっとも、その指揮権は条件つきだ。宇宙船のコースはテルムの女帝の二個のクリスタル、プルールとペリー・ローダンのクリスタルが決めているからである。

ヘルムートはため息をつき、

「バルディオクのメッセージを解読しようとしているのです！」

アルコン人は口笛を吹いてから、

「そのようなものを受信できるのか？」

「ええ、確信はあります、アトラン。たぶん、プシオン性のメッセージです……バルディオクの力の集合体の惑星にいる小陛下たちに向けた」

「これまでになにがわかった？」

ヘルムートは自分で組みたてた装置に近づき、スイッチをいれて小型スクリーンを指さした。ゆがんだ模様がはっきりと見える。

「まだ意味はわかりません」と、説明する。「それでも、インパルスをスクリーンにうつしだすところまでは、できました。われわれの感覚でとらえられる、きちんとした映像ではありませんが」

「もっと前に、船内の幹部に実験のことを報告すべきではなかったかな」アトランは額にしわをよせ、「科学者たちの支援を得れば、うまくいっただろうに」

「そうでしょうか」と、ヘルムート。「この作業の助けになるのは、ロボット・ペアとセネカをおいては考えられません」

アトランはじっと考えこんでシステムを見やり、

「どういった映像が見えると予想している？」と、質問した。

ヘルムートもこれまでずっとそのことを考えてはいた。だが、解読メッセージがどんなものかまったく予想できない、というのが正直なところだ。

アトランはかれのとまどいを察知したらしく、

「わからないのだな！」と、決めつけ、「ま、いい、ジョスク！　じゃまはしないさ。だが、今後は進展があるごとにすぐに報告してもらいたい」

「もちろんです、アトラン！　ありがとうございます」

アトランはうなずき、実験室を出ていく。

それを見送ったヘルムートは、ロボットのほうを見て、

「つくづく心のクールな男だ」と、いった。「そのおかげで、《ソル》生まれと地球生まれの衝突はこれまで回避されてきたわけだが」

「アトランの心臓付近の体温はほかの乗員とそれほど違いません」と、ロミオ。「この肉体構造だと、その程度の温度がないと生存できませんから」

ソラナーのスポークスマンはロボットをじっと見て、

「わたしは比喩的な意味でいったんだ。そういう表現があるんだよ」

「なるほど」と、ロミオ。「そのような可能性も考えなかったわけではないですが」

「さ、作業を続行する」ヘルムートはあわてて提案した。ある種の抽象概念を持ちだすと、ロボット・ペアと何時間も討論することになりかねない。その時間はいまはない。

かれらは実験を再開した。

ヘルムートにはわかっている。アトランはこれ以上の火種をかかえこみたくなくて、じゃまをしなかったのだ。おそらくアルコン人はこの実験が成功するとは思っていない。だから、乗員に情報を提供する必要もないと考えている。

「われわれの作業を認めさせるには、信じるに値《あたい》する証拠をしめさなければならない」と、ロボット二体にいった。「バルディオクという超越知性体がなにものであれ、クリスタルはいずれ《ソル》をその居所に導くだろう。それまでに最初の成果が出れば、値千金《あたいせんきん》だ」

こうしてヘルムートは休憩なしで作業を続行した。眠さをこらえるため、興奮剤を服用する。数百年前からある薬で、長期的に連続服用しなければとくに危険はない。

徐々にあきらめが頭をもたげ、成功を自分でも疑いはじめたとき、曖昧《あいまい》だったスクリーンの模様が左右対称のかたちになった。

ヘルムートはうっとりしてシステムの前に立ちつくす。

「見ろ！」と、ロボット二体に話しかける。「これはなんだと思う？」

「一星系のコピイです」ジュリエットがためらわずに答えた。

「ようやくスタートラインについた」ヘルムートは誇らしげにいった。「〝鍵〟が見つかったのだ。あとは、セネカがすべてのメッセージを映像シンボルに置きかえてくれるだろう」

インターカムにかがみこむようにして、司令室に連絡する。

レジナルド・ブルが応答した。細胞活性装置保持者はぴりぴりしている。ペリー・ローダンの捜索がうまくいかず、神経を責めさいなまれているのだ。ローダンとブルがどれほど長いつきあいかを、ヘルムートは思いだした。死すべき人間であるかれは、数百年におよぶ友情というものをなかなか理解できない。細胞活性装置保持者の人間的側面を知ると、いつもなにかおちつかない気分になる。

活性装置保持者の長い寿命は、ひとことでいって〝不自然〟だ。

かれらの精神状態は安定しているはず。深刻な危機におちいったという話も聞いたことがない。

しかし、いつかそうした状態にならないともかぎらないのだ！

ヘルムートはぞっとした。自然に対してうまく策を弄したとしても、人間はそのための代償をはらいつづけなければならないのか。

細胞活性装置保持者が〝つけ〟をはらわされる日がくるかもしれない。ヘルムートはそう考え、不安になった。すでに一万一千歳を超えるアトランがいるとはいえ、アルコン人はふたつの理由から、テラの細胞活性装置保持者の例証とはなりえない。魂と肉体が人間ではなくアルコン人のものだし、大西洋の海底ドームで長く眠っていた時期があるから……

「ヘルムート！」サイバネティカーはブルの声を聞いた。「目をあけたまま眠っているのか！」

ヘルムートはいいわけをして、

「わたしがしている実験のことはアトランが話したでしょう！」

「ああ」と、ブル。「どんなぐあいだ？」

「順調です。映像が見えてきました。船内の幹部と科学者チームのうち、どなたかわたしの実験室にきていただければと」

「その必要はない」と、ブル。「きみがスクリーンにうつしだした映像が司令室に転送されるよう、アトランが手配したのでね。準備はセネカがしてくれた」

ヘルムートは息をのんだ。アルコン人がそれなりの手配をするだろうと予想していたが、やはり当惑をかくせない。

「では、わたしが司令室に行きます」と、ヘルムート。「質問に答えられるように」

「いいだろう」ブルがうなずいた。「待っているぞ！」

ヘルムートはロミオとジュリエットを見て、

「話は聞いたな。きみたちはここにのこって、面倒なことにならないようにシステムをコントロールしていてくれ」

部屋を出て、中間セルの司令室に向かう。途中、反重力プラットフォームから司令室に通じる主通廊で、突然アラスカ・シェーデレーアがあらわれた。

この邂逅《かいこう》は偶然ではなく、転送障害者が意図的にしくんだような気がする。サイバネティカーに確たる根拠があったわけではないが。

「長くひきとめるつもりはない」と、プラスティック・マスクの男は、「きみの実験について、司令室で激論がかわされている」

「ええ」ヘルムートはそれだけいって、口をつぐんだ。アラスカがなにをいおうとしているのかわからない。だが、なにか聞きだそうとしているらしい。

いったいなんの情報を？　ヘルムートは不安になった。

「発信元について、なにかわかっているのか？」痩身《そうしん》のテラナーがたずねた。

「もちろん」と、ヘルムートは、「バルディオクからです！」

「だが、それ以外に……つまり……ほかのなにかが一枚嚙んでいる可能性はないか？」

「なんですって？」ヘルムートはききかえした。「わたしにそれがわかるとでも？」

マスクにかくされた表情は読めないが、シェーデレーアが困惑しているのはすぐにわかった。

「一種の勘だから……」と、独特の話し方でつっかえがちに、「こだわることもないのだろうが、なにか懐かしいものがすぐ近くにいるような気がして」

ヘルムートは半信半疑のほほえみで、

「われわれ、バルディオクの司令部に向かって飛行しているのですよ。そこになにか、なじみのものがあると？　ひょっとして、ペリー・ローダンですか？」

「いや、この直感がペリーと関係があるといっているのではない」

「わたしからなにか、ききたいのでは？」ヘルムートはストレートに質問した。

「自分でそれがわかれば、もっとすっきりするのだが」シェーデレーアは告白し、ヘルムートの腕をとると、かれを司令室の方向にひっぱっていく。

中間セル司令室の大きな空間に足を踏みいれたとき、ヘルムートはすぐに空気が緊張しているのを感じた。

自分の実験室の映像が転送されているモニターをひと目見て、そのわけがわかった。一種の映画のようなものがうつしだされている。筋はなく、雑然とした映像の連続だ。「これがすべてバルディオクから送られてきたものなら」と、レジナルド・ブル。「このメッセージを正しく理解する能力がわれわれに欠けているのか、超越知性体が狂っているのか、どっちかだ」

「さ、こっちへ！」アトランが《ソル》生まれのスポークスマンに気づいて、いった。「これはきみの手になるプログラムだからな」

全員の関心がヘルムートに集中する。サイバネティカーは《ソル》生まれたちの拒絶的な視線を感じた。スポークスマンが自分たちの要求とまったく関係ない問題にうつつをぬかしているのを、よく思っていないのだろう。これをきっかけに、また過激派たちが船内の所有関係を疑問視して、一石を投じたりしないといいが。影響力のある新しい集団が台頭してきている。リーダーはガヴロ・ヤールという男だ。これまでじっくり話す機会はなかったが、先延ばしせずにこの男と向きあわなければ。

ヘルムートはモニターの前に立ち、映像を見た。

その一部はわかる。フルクース、小陸下、それに未知惑星だ。おそらく、超越知性体の力の集合体のものだろう。ほかの映像は理解しがたい。不可思議な巨大建物と物体があり、非現実的な外見の英雄めいた存在が見える。ぜんぶで七名いるらしく、任意の順序で登場する。それから、巨大プラットフォームがあらわれた。宇宙のまんなかを浮遊しているらしい。上空で星々が強い光をはなつ。映像の意味はよくわからない。無秩序な夢の断片のようでもある。

自分がかなり真実をいいあてていると気づかず、ヘルムートは感じたままをいった。

「悪夢に出てくるシーンのようです！」

「セネカはすべての映像の意味を把握できる状態ではない」と、アトラン。「ミュータントたちもすっかり混乱している。われわれにはバルディオクの正体は理解できないということか。膨大なプシオン・エネルギーをあやつるらしいが、それ以上のことはよくわからない」

「超越知性体が狂っている可能性もあるのでは」と、ガルブレイス・デイトンが口をはさんだ。「われわれがこれまでに見聞きしたことは、ほとんど理解不能でした。つまりバルディオクは正気ではないのでは？　この映像もそれを裏づけている」

突然、叫び声がした。

ヘルムートがそちらを見ると、モニターの前でレジナルド・ブルが瞠目《どうもく》している。細胞活性装置保持者は腕を伸ばしてモニターをさし、

「あれを見ろ！」と、驚愕して、「ウレブだ！」

ジョスカン・ヘルムートも状況を把握し、テラナーたちのパニックに近い驚きぶりを多少は理解できた。だが、サイバネティカーにとってはこの場面の本来の意味内容よりも、バルディオクの映像に昔の太陽系帝国時代に由来するものが出てきたことのほうが驚きだ。

＊

よくわからないメッセージのなかに、超越知性体の意識に由来するとは思えない映像がますます多くはいりこんでくる。人類の発展期にバルディオクが関係していたというのなら、話はべつだが。

「これをどう説明する？」アトランは《ソル》生まれにきいた。

「説明はひとつしかありません」と、ヘルムートは返答して、「船内のテラナーのうちのだれかが、映像を投影して送信しているにちがいない。無意識にしているか、未知のファクターが働いているのかはわかりませんが」

アトランは否定するようなしぐさで、

「それは信じられん！」

「ペリー・ローダンはバルディオクに捕まっているのかもしれない」フェルマー・ロイドが発言した。「そうだとすれば、この不思議な映像にも意味がある」

んでいる。

「きっと、ペリーがぼくらに連絡しようとしてるんだよ!」グッキーが夢中になって叫

「ウレブやほかの恐ろしいイメージを使ってか?」アトランは疑うように、「これらの映像にはわれわれが知る生物や物体がうつっているが、どれもネガティヴなものだ。きっとなにか理由がある! もしもペリーが裏で動いているのなら、こうした出来ごとばかりとりあげる理由がわからない」

ヘルムートは考えた。自分たちにこの謎は解けないだろう。

バルクセフトにさらに深く進入したところで、バルディオクの補助種族に攻撃され、殺されそうな目にあうのがおちだ。

ヘルムートはシェーデレーアがこっちを凝視しているのを感じた。転送障害者の顔はマスクのためによく見えないが、視線がじっと自分に向けられているのがわかる。主通廊でかわした短い会話を思いださせようとしているのか?

「あとから登場した映像の出どころは、ペリー・ローダン以外に考えられない」アトランが沈黙を破った。「だが、これは偶然だろう。ペリーがこのような方法で自分に注意をひきつけようとするわけがないからな」

すべてを総合すると、ローダンはバルディオクのそばにいるということになる。ヘルムートはそう考えた。ブルロクによってそこに連れていかれたのは確実だ。

だが、なぜ超越知性体のプシオン性メッセージに、ローダンの脳にしかないはずの内容がふくまれているのか？

それに対する答えはなかった。

超越知性体と人間、つまりペリー・ローダンが、どのようなかたちで結びついているにせよ、それは人々の想像のおよぶ範囲ではない。

《ソル》の科学者ははいってきた映像を記録し、セネカに分析させようとした。だが、ハイパーインポトロニクスもメッセージから論理的な流れをひきだすことはできない。そこで、ペリー・ローダンが出どころと思われるインパルスを、ほかの映像と切りはなしてみる。

ここで驚くべきことが確認された。メッセージのなかの〝人類に由来する〟部分は、ほかのすべてのインパルスと関連があったのだ。ただし、それがどのような関係性なのかは不明。違う映画二本を編集してひとつの論理的な筋を導きだそうとしたものの、不本意ながらうまくいかなかったという感じだ。

ヘルムートにとってこの発見は大きかった。メッセージの送信者二名、つまりバルディオクとローダンのあいだに、関係があるということだからである。

＊

「全容は謎につつまれたままだ」状況分析会議の席上で、アトランが正直にいった。映像がとどいてから三日が経過し、《ソル》の航法士はバルディオクがいる星系を特定できたと確信している。

巨大宇宙船は一青色恒星から遠くない位置で、超光速エンジンを停止した。

ふたつのクリスタルが、あの星系に反応をしめしている。だが、飛行の続行を決める立場にあるアトランとブルは、そこをめざすことを躊躇《ちゅうちょ》しているらしい。罠に跳びこむのを恐れているのだ。ヘルムートはそれを知っている。

《ソル》生まれのスポークスマンは、もう一度アラスカ・シェーデレーアと話そうとした。だが、マスクの男はそれを避けているように見える。

《ソル》船内は奇妙な雰囲気だった。過激な《ソル》生まれですら、政治活動をやめている。最近の緊迫した動きに息をのんでいるか、幹部がローダン捜索以外は眼中にないと気づいたかだろう。

ヘルムートは、かつてないほどかれらを遠くに感じた。素姓が同じで、本来なら親しみを感じるはずなのだが。なんとも形容しがたい不安に襲われて、船内でただひとり全《ぜん》幅《ぷく》の信頼をよせられる《ソル》生まれ、ブジョ・ブレイスコルに打ちあける。

「精神の麻痺みたいなものじゃないかな」と、猫男。「バルディオクのすぐ近くにいるから、気づかないうちにそのメンタル放射の影響をうけているんだよ」

「わたしはむしろ明晰に思考できるようになったと思うのだが」ヘルムートは主張した。「それに、自分の意志もしっかりコントロールできている。だが、仲間たちの利益にあわないことばかりやっているような気がして」

若いミュータントは肩をすくめ、

「ぼくらの利益って？」

「宇宙船の安全さ！」

「それはそうだけど」ブジョは独特のやわらかい声で、「この船はぼくらのものじゃない。自分たちのためだけには使えないよ」

ヘルムートは顔をしかめ、

「自分の家のように感じるはずの船なのに、仮住まいのホテルみたいだ」

「いつかそのうち《ソル》はぼくらだけのものになる」と、猫男は予言し、「船内にいるほんもののテラナーは死にたえるからね」

「細胞活性装置保持者がいるぞ！」

「ローダンを見つけて自分たちも地球にもどれば、船をぼくらにひきわたすよ」

「そのうち船内で新世代が育っていくだろう。かれらはどのように考え、行動するのだろうな？」

ブジョ・ブレイスコルがそれに答える前に、司令室からインターカムで連絡がはいった。ヘルムートの実験にかかわるすべての科学者たちに呼びだしがかかったのである。

ヘルムートとミュータントは、ブジョの母ラレエナ・ブレイスコルの部屋にいた。

「行かなければ」ヘルムートは若い友に向かって、「なにか起きたにちがいない」

その言葉が正しかったことは、司令室にはいってすぐにわかった。

バルディオクの映像がうつしだされていたモニターが暗くなっている。

「だれが装置のスイッチを切ったんです?」ヘルムートは怒っていった。

ばかげた考えが次々に脳裏を駆けめぐる。過激派グループが無意味な妨害行為をしたのではないか……

だが、アトランがそれを否定した。

「だれも切ったりしていない」と、アルコン人。「インパルスが突然、送られなくなったのだ」

ヘルムートは立ちつくしてアトランをじっと見た。たったいま聞いたことからどんな結論が得られるか、必死に考える。

「でも、それは不可能です」と、興奮していった。「インパルスはかんたんにはとまりません。あなたやわたしが突然に考えるのをやめるようなものですからね」

「なぜ、不可能だといえる?」アトランはサイバネティカーを叱りつけるように、「もしもわたしが死んだら、考えるのをやめるぞ」

ヘルムートはショックをうけ、

「バルディオクが……死んだと?」

アルコン人はそれに答えず、陰気な顔でヘルムートを見た。

「そうすると、つまり……ペリー・ローダンも……」ヘルムートは言葉をのみこむ。

「それを調べるのだ!」アトランは脅すような口調で、「なにが起きたか調べろ。《ソル》は特定した星系に向かって、すでに飛行を開始している」

6

最後に人間と遭遇したときの劇的な状況を、ガネルク＝カリブソはいまでもはっきりと記憶している。デログヴァニエンでの出来ごとは、かつての大群の監視者の決断に決定的な影響をあたえた。

そこで会った男の名はアラスカ・シェーデレーア。

このテラナーは故郷惑星に帰還することを夢みていた。

〝ペリー・ローダン〟というテラナーの名前も、はじめて聞くものではない。殲滅スーツを探していたときに、カトロン銀河の惑星ポイクトでアッカローリーのゼノとペトラクツ人ガイト・コールを知った。この不つりあいなふたりが、ペリー・ローダンのことを話していたのである。

カリブソは内心の動揺をブルロクに気づかれないようにつとめた。具象はエネルギー球体の内部を暗くし、自分の反応の原因を探ろうと、ずっと観察しているにちがいない。

ペリー・ローダンがこの惑星にいる！

にわかには信じられなかった。

だが、ブルロクに嘘をつく理由などない。

この遭遇を偶然だと考えるべきだろうか？　かつての強者は自問した。

おのれとローダンという、まったく異なる存在の運命に、想像もつかないような密接な関係が生じたのか？

カリブソが大宇宙について知るかぎりでは、偶然にもそれなりの法則がある。ある種の事件が起きるのは、ほとんど必然といっていい。

「それで？」ブルロクの声が意識のなかにはいってきた。「わたしの提案をどう思う？　協力するのか、しないのか？」

具象のネガティヴな力がカリブソに作用する。ブルロクが、かつてバルディオクのなかに存在していたあらゆる悪のエッセンスであることは疑問の余地がない。

だからといって、第四具象になにかをしかける権利が自分にあるのだろうか？　それをできる状態であるかどうかはべつにしても。

「考えてみる」と、約束した。「そのペリー・ローダンとやらがどこにいるのか、興味がある。かれがバルディオクを探している理由を知りたい」

ブルロクはいやらしい笑い方をして、

「わたしがローダンをバルディオクに連れてきた。つまり、わたしの捕虜として。かれがバルディオクを探すのは、助けを期待しているからだろう」

「だが、どうもしっくりこない」と、カリブソ。「とりあえず、ひとりで捜索をつづけてくれ。そのあいだによく考えておく。あとでまた会うことがあったら、わたしの決意を知らせよう」

「わたしの力にならないやつは、わたしの敵だ！」球体から威嚇的な声が響く。

カリブソはシルクハットをすこし持ちあげ、なにげなくなかの器具をとりだした。光る球がつまったちいさなパイプである。それを数回振ると、球の光が尾をひいてシリンダーのようになった。

これで、ブルロクからは見えなくなったはず。

だが、具象は動揺せず、

「おまえが見えなくても、どこにいるのか正確に感じとれるぞ」

カリブソは装置のスイッチを切った。

「わたしは装備一式を身につけている」と、あいているほうの手で自分のからだをなで、

「これは殲滅スーツだ」

「とりもどしたのだな！」ブルロクの発言は、かれが七強者の物語を知っていることを意味する。驚くにはあたらない。具象は時間超越者のひとりがつくったものなのだから。

「そうだ」カリブソは肯定し、「機能もまったく損なわれていない」

明らかな威嚇である。ブルロクもそれを理解したらしい。

「おまえの協力など必要ない」具象は怒っていった。

球体が去っていく。やっかいな敵をつくってしまったのだろうか、と、カリブソは考えた。とりあえずブルロクは始原脳を探しにいったが、それが終わってから、また接触してくるかもしれない。

カリブソはバルディオクの始原脳を探すつもりはなかった。いずれにしてもブルロクに遅れをとってしまうだろうから。機先を制しようにも、この奇妙な惑星の特性を知らなさすぎる。

それでも、バルディオクがおのれの具象に抹殺されるさまを、ただ傍観したくはない。ペリー・ローダンを探すほうがかんたんだろう。テラナーから貴重な情報が得られるかもしれない。

考えをめぐらしていると、急に虚無から吹いてくるような冷たい風を感じた。振りかえったカリブソはびっくりした。目の前に少女が立っているではないか。ゆったりした衣服を身につけている。裸足の足先は汚れ、黒髪を肩までたらしていた。目の表情は、なんと形容したらいいのか……快活さと憂鬱とがまじりあっている。

幻覚だ！　カリブソの頭をそんな考えがよぎった。

だが、その姿には見おぼえがある。

じっと見ると、少女はほほえみかけてきた。「きみはだれ？」

「どこからきたんだ？」言葉が口をついて出てきた。「わたしは本当にここにいるのではなく、プロジェクションなの。ケモアウクに力をもらって、この姿であらわれただけ」

「気にしないで」と、優しい声が七強者の言語で答えた。

「ケモアウク？」カリブソは半信半疑でいいかえし、「かれはまだ生きているのか？」

「生きていなくても、自分の力をほかの者にあたえることはできるでしょ？」不可解な答えが少女から返ってくる。

突然、なぜ彼女を知っているか思いだした。七強者の命により大群を建設した種族と同じ外見だ。つまり、少女はその種族の出身だということ。

「考えようによっては」と、彼女はつづけ、「あなたはわたしの先駆者よ」

「どういう意味だ？　よくわからないが」

「あなたが殲滅スーツを失って追放されてから、わたしは大群を監視するためにケモアウクの指導をうけたの」

「監視者だったわたしの後継者だったと？」

「そういえると思うわ。そのあと自分の種族のもとに帰ろうとしたけれど、七強者とコンタクトしたあとに建設した都市はすべて無人だった。種族は恐ろしい目にあったにちがいないわ。あやつられたと知り、時間超越者七名と同じように強くなろうと考えてしまったのね」

カリブソは少女の姿をじっと見つめることしかできない。

「わたしたち、いずれは〝物質の泉〟に遭遇するのよ。種族の科学者たちはこれをコントロールできると信じていたわ。それ以来、種族は失踪してしまったの。たぶん〝物質の窪地〟に消えたのではないかしら」

少女は目を閉じて震えはじめたが、すぐにまたおちついた。底なしの孤独感を克服したのだろうか。

その気持ちは理解できる。カリブソも追放され、ずっと孤独な状態だったから。

「ケモアウクがきみを送りこんだのには、なにか理由があるはずだが」時間超越者はついにいった。

「わたしの役目は、バルディオクを助けたい者たちをはげますこと」と、少女。「播種船のかくし場所をだれも知らないまま、バルディオクを死なせてはいけないわ。播種船を発見し、本来の目的に使えるようにしなくては。そうでないと、物質の泉や物質の窪地のかたちが揺らぎ、大宇宙が滅亡の危機にさらされるわ」

カリブソは動揺した。いま聞いたことすべてを理解しようとこころみる。

ケモアウクは、わたしの任務をさらに増やしたのだろうか？

バルディオクをたんに解放するのではなく、文字どおり救いだす必要があるのだ。播種船を発見するには、そうしなければならない。

つまり、ケモアウクは物質の泉の彼岸にいる〝ほかの勢力〟とふたたびコンタクトしたということか？　物質の泉にはいるのに成功したのか？　〝召喚〟をうけて？

時間超越者は目眩《めまい》がしてきた。

「長くはいられないの」少女がいった。「ケモアウクにもらった力がつきてしまうから。ケモアウクの意にかなう行動をするように……それがわたしのお願いよ」

炎のなかに立っているように、少女の姿がゆらめいた。数秒もすれば消えてしまいそうだ。

「きみの名前は？」カリブソは叫んだ。「せめて名前をいってくれ！」

冷たい火が少女をつつみ、輪郭しか見えなくなった。だが、もう一度風が吹き、優しい声を運んでくる。

「キトマ！」少女はそういった。

7

正確にいつからかはわからないが、ペリー・ローダンは夢を制御できなくなった。バルディオクはローダンが空想した場面を受容し、それを自分自身の夢に完全にとりこんでいる。自分が持ちこんだ映像がどうなったか知り、ローダンは驚くばかりだ。バルディオクははげしい興奮状態におちいり、おのれの姿を恐怖するようになっている。

事態はさらにエスカレートした。ついにバルディオクは、悪夢にうなされた人間が汗びっしょりになって目をさますのと似た状態になったらしい。

ローダンはすぐに理解する。手ひどいミスをおかしてしまった。かれがバルディオクにあたえたショックは狙いどおりの効果をあげたものの、超越知性体は、数十万年におよぶ眠りから突然に目ざめる気配を見せている。

バルディオクはすぐにも覚醒するだろう。しかし、いまなにが起こっているのか理解できる状態にはない。あまりにも長く眠り、夢を見ていたからだ。現実の環境に慣れることはむずかしい。自分がどこにいるのかもわからないだろう。

結果がどうなるかは予測不能である。

理性を失い、錯乱状態になり、夢を見ているときよりひどい被害をもたらすかもしれない。そうなれば、バルディオクの力の集合体全体が危険だ。想像を絶するほど大きな領域で、破滅的な規模の混沌が生じることも考えられる。

バルディオクが狂っていないとしても、力の集合体に暮らす種族の運命はあやういというのに。

超越知性体とのコンタクトがとぎれたら、小陛下はどう反応するだろう？

数十万年前からバルディオクにコントロールされていた種族たちは、突然に命令がこなくなったら、どのような挙に出るだろうか？

ローダンはフルクースのことだけ考えることにした。かれらはバルディオクなしではなにもできないのではないか。あやつられ、導かれることに慣れているからだ。予期せぬ自由は命すらおびやかす。

眠りから覚醒への移行はゆっくりと進むべきだった。そうすれば危険は大幅に軽減されただろうに。

しかし、もうあともどりできないことはわかっている。

バルディオクに送りこまれた空想上の出来ごとはすでに独自のメカニズムを形成し、ローダンとは無関係に夢のなかで進行中だ。巨大な眠れる者の意識において支配的な役割をはたすまでになっている。

　ローダンはもはや、自分がつくりだした映像をコントロールする力はとりもどせない。傍観するしかないのだ。

　ローダン自身、全体の流れを一種の白昼夢として見ているので、思考や行動は意識下のファクターに影響されている。だが、自分もバルディオクとともに目をさますだろう。つまり、覚醒したとたん、眠れる巨大脳とのコンタクトが完全に途絶するということ。そうなったら、超越知性体と意思疎通するのに、どのような方法がのこるのか？

　悲観的になった。バルディオクに対し、新しい状況にそなえさせることなど、だれもできない。グローバル脳が狂えば、この惑星も滅亡の危機にさらされる。バルディオクと惑星の自然との共生関係がどうなるか、想像してみた。バルディオクの共生体である数十億の動植物は、どう反応するのか？

　ローダンは自分がこうしたことを軽視しすぎていたと気づいた。バルディオクを起こすことばかりに気をとられ、とりかえしのつかないミスをおかしたらしい。自分はバルディオクの救済者ではなく、殺人者になるかもしれないのだ。超越知性体の死は、力の集合体全体のカタストロフィを招くだろう。

　そう考えるうち、ローダンは悪夢を見た。植物におおわれて横たわるからだが小きざみに震える。皮膚にまで達した脳の〝枝〟が、跳ねかえろうとするようにぴくぴく動きはじめる。近くにいる動物たちは動きをとめて硬直し、しばらくすると意味もなくむやみに走りだした。花は閉じ、葉は丸まっている。

自分もその一部だった共生関係から、つまはじきにされているようだ。

だが、バルディオクとの結びつきはまだあり、超越知性体の悪夢の断片を見ることができる。

バルディオクの夢では、すでにウレブがすべての支配権を握っていた。かれらはパルフェクス＝パル星系の警備艦隊を駆逐し、バルディオクに着陸しようとするところ。巨大なけだものの群れが惑星脳を破壊するために襲いかかってくると知ったら、超越知性体は目をさますだろう。

ローダンは一瞬、ブルロクのことを考えた。

いまのところ、第四具象が創造者の覚醒にどう反応するかは二次的な問題である。おそらく、具象はそれによって打撃をうけないだろう。むしろ、強さと力を獲得するかもしれない。

バルディオク自身は精神活動が盛んな状態にある。だが、その思考と感情はおのれの悪夢の中心テーマからはなれない。

バルディオクに依存する知性体たちに、すでに悪い影響が生じている恐れがある。バルディオクは理性的な命令を出すことをとうにやめてしまった。非論理的な過去の出来ごとが夢とまじりあって、純粋な空想の産物となり、フルクースら補助種族にはまったく理解不能な命令が出されるばかり。

唯一の希望は、慣れない新しい状況に対するかれらの順応力である。それが、バルディオクの力の集合体に依存する者たちを救うかもしれない。

ローダンは驚愕と呪縛の両方を感じながら、バルディオクの夢が臨界点に近づくのを待った。

そして、それは起こった。

生きぬくという強い意志により超越知性体となった存在の、永遠につづくかと思われた眠りが、ついに終わったのである。

宇宙の悪夢は終わった。

バルディオクが目をさましたのだ。

*

パルフェクス＝パル星系の最高指揮官代行、ニード＝コールシュは、重装備した兵士の一団の先頭に立ち、黒い大型艦のエアロックから出た。

一同の前には花が咲きほこる平地が開けている。〝主人〟の命令が間違いでないなら、いままさにこの平地は、巨大な異人たちによって踏みにじられようとしているはず。

ニード＝コールシュは数メートル歩き、安全装置をはずしたエネルギー銃を持った腕を高くあげ、同行者たちを押しとどめた。

ひろびろとした平地を見わたす。すでにフルクース艦内部の外側観察用モニターにもうつしだされていた光景だ。最初は敵の技術的トリックかと思ったもの。しかし、外に立ってみてようやくわかった。ここにはよそ者は本当にひとりもいない！

まったく無人の平地がフルクースたちの前にひろがっている。見えるのは、動物とバルディオクの脳組織のみ。

ニード＝コールシュはヴェテランの宙航士で、けっしてうろたえたりしない男だ。振りかえり、宇宙船の前に茫然と立っている兵士たちを見る。急いで通信装置をベルトからはずし、旗艦と連絡をとった。最高指揮官と話をしたいと申しいれる。

モシュカトルがすぐに応答した。

「敵との接触はありませんでした！」と、報告する。「出動した地域は無人です。なにかの間違いではないでしょうか」

「われわれの特務コマンドは、いずれも敵とコンタクトしていない！」モシュカトルが甲高《かんだか》い声で答えた。

最高指揮官は非常に興奮している。必死で自分をおさえているらしい。

「でも、敵はどこかにいるはずです！」ニード＝コールシュの近くにいた一兵士が叫んだ。「うまくかくれて、われわれが発見できないだけかもしれません」

「黙れ！」と、ニード＝コールシュは一喝《いっかつ》。自分も不安におびえながら、ふたたび通信装置に向かい、「出撃命令に誤りがあったのではないでしょうか」

「命令ははっきりしている！」モシュカトルが応じた。「陣地を確保し、なにが起こるかそこで待つのだ」

最高指揮官もいい知恵がなく、部隊に待機を勧告するしかできないらしい。ニード＝コールシュは、この宇宙セクターで最強のフルクースがまったく無力であることに腹をたてながら、どうやったら謎が解明されるか思案した。

バルディオクのインパルスが変化している気がする。以前よりはげしくなったが、その意味はわからない。バルディオクは、ニード＝コールシュがこれまで見たこともない未知の存在におびえているようだ。

「われわれ、幻を相手に戦うのでしょうか？」一兵士がいった。

ニード＝コールシュはその方向をぎろりと見て、

「口をつつしめ！」と、命じた。

自分も結局、モシュカトルと同じような態度で部下たちに接している。現在、バルディオク全体で似たような光景がくりひろげられているのだろう。

この窮地を脱する方法を考えあぐねていると、光る球体が平地を横切ってこっちに浮遊してくるではないか。ブルロクのエネルギー球体だ。ニード＝コールシュは、第四具象が兵士たちに近づく前に、そのメンタル放射を感じた。バルディオクの動揺が具象に波及していないのを知り、ほっとする。

球体は黒いフルクース艦のすぐ手前で停止。球体内部で圧倒的な美しさの一フルクースがただよっているように見える。これはブルロクがフルクースに姿を見せるときに通常とるやり方なのだ。数年前にクレルマクと遭遇したことがある。この具象もまったく同じ外見だった。

球体のハッチが開き、ブルロクの声がとどろく。

「ニード＝コールシュ、おまえはモシュカトルの代行だから、正しい決定をくだす権限がある」

「は」フルクースはきびしい顔で答えた。しかし、それは動揺をかくすための見せかけのおちつきだ。たぶん具象はかれの本心を見透かしているだろう。

「バルディオクは理性を失っている」ブルロクはつづけた。「カタストロフィを起こしたくなければ、すぐ介入する必要がある。バルディオクの始原脳を探すよう命令を出せ。この命令はすべての着陸部隊に周知するように」

聞きまちがえたのかと思った。反乱を起こせといっているのか。モシュカトルの頭ごしにそのような重大な命令を出す権利は、ニード＝コールシュにはない。

だが、すぐには答えなかった。一回のミスが命とりになると感じたからだ。この状況をやりすごすには、時間かせぎするしかないと直感する。

しかし、ブルロクは急いでいるようだ。盲目的な欲求のせいで性急になっている。その感情がはっきりと伝わってきて、ニード＝コールシュは戦慄をおぼえた。いままでこれほど強烈な悪意を目《ま》のあたりにしたことはない。もはや状況を理解することは不可能だ。身の毛もよだつ出来ごとが、すでにはじまっている。

「なにをぐずぐずしている」ブルロクは叱責し、メンタル攻撃で揺さぶりをかけてきた。「命令を出すのだ！」

「モシュカトルと……」と、フルクースはつっかえながら、「最高指揮官と相談しなければなりません。決定をくだせるのはかれだけなので」

「おまえは決定を出すために、ここにいるんじゃないか！」ブルロクは激怒し、「モシュカトルは旗艦にいて、バルディオクでなにが起きているのかわからない」

「わたしにだってわかりません！」ニード＝コールシュは粘った。

パラメンタル性の一撃で、地面にはじきとばされる。数時間前なら、たぶんバルディオクが助けてくれただろう。だが、バルディオクは動きを見せない。フルクースの運命に興味を失ったのか、助けられないのか、どちらかである。二番めの憶測があたっていないよう祈るばかりだ。そうでないと、超越知性体はフルクースが思っていたより非力ということになる。

ニード＝コールシュはやっとの思いで立ちあがった。

「いますぐ命令を出せ！」ブルロクはすべてのヒュプノ暗示性エネルギーをその言葉にこめた。

ニード＝コールシュの内面で、バリアが崩壊していく。フルクースがバルディオクに依存するなかで、数世代にわたって形成してきたバリアである。どのフルクースも、みずからを超越知性体の意志の執行者だと自認していた。これまで、すべてを統《す》べる超越知性体の力を疑ったフルクースは、ひとりとしていない。さらに、だれもが具象はバルディオクの高位補助者だと信じていたのである。

ニード＝コールシュの世界は崩壊した。もはや、たよるべき価値観はない。ブルロクの責め苦を終わらせるためだけに行動しよう。

バルディオクの始原脳の捜索命令を出す前に、すでに一部の兵士たちは行動を開始していた。ブルロクの任務を遂行するため、立ちさったのだ。

階層の序列は不可侵だと考えていたニード＝コールシュにとって、この光景は精神的ショックだった。それをきっかけに、錯乱と混沌の幕が切って落とされたのである。

それはひとつの時代の終わりだった。

通信装置を持ちあげる。

「さ！」ブルロクが甲高い声を出す。「わたしのいったとおりにするのだ。バルディオクが目をさましてなにが起きているのか理解する前に、始原脳を探せ」

ニード＝コールシュは震えた。兵士たちが歩きまわっているのが見える。ほうぼうで動物があらわれ、かくれ場を出て、むやみやたらに平地を走りまわっている。

「こちら……こちらは……最高指揮官代行のニード＝コールシュだ！」フルクースは声を出した。目の前の世界がぼやける。いまだかつてないほど絶望的な気分で、「バルディオク、わたしを助けてください！」と、押しころした声を出す。

その瞬間、バルディオクのインパルスがふいに停止。

ニード＝コールシュはだれかが自分の命の糸を断ちきったような気がした。意識のなかに底なしの暗黒と空虚がひろがる。

手は握力を失い、通信装置が地面に落ちた。はなれていったフルクースたちが突然、立ちどまる。人形使いの手がはなれたあやつり人形のようだ。

「遅すぎた！」ブルロクはうなった。「もう遅すぎる。バルディオクが目をさました」

たしかに！　ニード＝コールシュは薄れていく意識のなかで思った。何世代にもわたって導いてくれた声が、沈黙している。われわれは天涯孤独になってしまった。

＊

バルディオクの覚醒でフルクースたち補助種族が経験したショックは、力の集合体の惑星にいる小陛下たちを襲った変化にくらべれば、まだしも軽微だった。バルディオクと挿し木のあいだのパラノーマル結合が瞬時にして分断された結果、小陛下たちはプシオン・エネルギーを喪失し、徐々に消滅していく。かれらが超越知性体の指示で支配しコントロールしていた種族は、解放された。

人々が自由というものをおぼえていた場所や、隷属の屈辱感がまだ思考の一部にしかなかった場所は、たちまち勝利のよろこびにつつまれた。小陛下の居所《きょしょ》は占拠され、破壊された。すべての文明はついに軛《くびき》から解放される。フルクースたち補助種族は革命の陶酔感ただよう場所に介入しようともせず、解放された種族が昔の秩序を再建するのを、なすすべもなく眺めるだけ。超越知性体の忠臣たちは、バルディオクと小陛下の命令がないと、なにをしたらいいかわからないのである。バルディオクに仕えた宙航士が襲撃されるケースもまれではなかった。

大昔にバルディオクに征服された惑星は状況を異にする。そこに住む原住種族たちはもう遠い祖先を記憶していない。かれらの思考と行動は小陛下がつかさどっていた。これらの惑星では絶望的な光景がくりひろげられた。それでもカタストロフィは発生せず、一部地域で悲劇的事件が起きたにすぎない。

かれらは小陛下の指示と存在がなくても生きていけることを、早々に理解したのである。

テルムの女帝の同盟者がバルディオクの部隊と戦っている宇宙セクターは、徐々に拡大する宇宙戦争の最前線であった。ところが、ここでも不思議な光景が見られた。力の集合体の境界域に配備されていたフルクースが、戦闘行為をやめてしまったのである。かれらの艦は大宇宙にただよい、理性的な指示を出せる司令官はひとりもいないようであった。ところが奇妙なことに、女帝側はバルディオク艦隊の戦闘不能状態を利用しない。戦略上はこれを好機ととらえるはずだが。

女帝の宇宙船は相手の隙をつくことをせず、バルディオクの艦隊が消耗することもなかった。

ドゥールトの兵士の主軸は軍事にたけたチョールクである。かれらは命令が出ないのをいぶかしんだ。憎い敵をやりこめる絶好のチャンスをなぜ利用しないのか理解できず、司令官たちはいらだっている。だが、クリスタルのコミュニケーション・ネットが伝えてくるのは、むしろ逆の命令ばかり。

一時停戦の理由はだれにもわからなかった。

双方の司令官のなかでも、先が読める者たちは、これでふたつの力の集合体の対立が終わるのだと、うすうす感じはじめている。

だが、その背景まで理解したわけではない。

バルディオクとテルムの女帝の力の集合体に属する宙域では、一時的に時間がとまってしまったようだ。超越知性体の勢力拡大のため尽力してきた双方に、名状しがたい無力感がただよう。

チョールクの土星型艦で、老いた戦士が短い言葉をつぶやいた。大宇宙で優位に立つすべての勢力にとって、魔法の響きを持つあの言葉を。

「戦争は終わった！」

8

全周スクリーンのすべての方向探知インパルスは、バルディオクに仕える宇宙船のポジションをしめしていた。これまでの遠距離探知で判明したデータによれば、超越知性体の精鋭の戦士、フルクースの黒い円盤艦らしい。探知インパルスの数から判断するに、《ソル》が接近中の星系には巨大艦隊がいる。それはそうだろう。すべての計算結果は《ソル》がバルディオクの司令部を目前にしていると物語っていたから。

だが、この巨大艦隊に属する全部隊の行動は、非常に不可解である。まったく作戦行動をとらないのだ！

フルクースの探知技術をもってすれば《ソル》の存在はとっくにわかっているはず。操縦システムの前にいる当直のエモシオ航法士、メントロ・コスムは、大型スクリーンを見て額にしわをよせた。

「なにが起きたかわからんが、バルディオクは突然に沈黙した……いずれにせよ、プシオン・レベルでは。だが、それはフルクースの行動の説明にはならない」コスムはこぶしで操縦コンソールのフレームをたたき、「やつらがわれわれを観察しているのはまちがいない。なぜ、行動を起こそうしない？」

「向こうのほうが有利な立場だから、その必要はないのさ」と、レジナルド・ブル。

「なにもせずにわれわれをおびきよせ、それから攻撃するんだろう」

アトランは眉毛をつりあげ、

「いや、罠ではなさそうだ。むしろわたしには、宇宙船を制御する勢力が見当識を失っているように思えるが」

その会話を黙って聞いていたジョスカン・ヘルムートは考えた。敵艦の行動はバルディオクの沈黙と関係があるかもしれない。

フルクースが超越知性体のパラメンタル・インパルスに導かれていたとは考えられないだろうか？

《ソル》司令室に勢ぞろいしたミュータントたちは、インパルスが中断してからというもの、バルディオクのパラメンタル放射をまったく感知できないでいる。だが、テレパスのフェルマー・ロイド、ブジョ・ブレイスコル、グッキーは、超越知性体の司令部があるらしい惑星から、べつの存在の不鮮明なシグナルをキャッチした。ブルロクだ！

第四具象が目標惑星にいるとわかってから、ヘルムートは確信したもの。アトランやブリーら細胞活性装置保持者は、この惑星をめざし、ペリー・ローダンを解放しようとするだろう。だれにもとめられない。

ローダンが生きているのか、そもそも本当にこの惑星にいるのかは不明である。ブルロクがなにをするために惑星にきたのかも、よくわからない。具象がペリー・ローダンを殺したか、どこかに置きざりにした可能性もある。

だが、ヘルムートはそうした説を持ちだすのは避けた。《ソル》生まれたちがさっそく飛びつき、無益な対立をあおる危険があるからだ。ローダンの友は自分たちの計画を続行するためなら、乗員を分裂させることも辞さないはず。

《ソル》生まれから目だった抗議が出なかったので、スポークスマンはほっとした。かれらもペリー・ローダンを救出する必要があることは理解しているのだろう。

フルクースの不可解な行動をめぐる討議はつづいていたが、出てきた諸説のうちどれが正しいかわかるのは時間の問題だ。《ソル》は減速することなく目標に接近している。フルクースはそれを阻止しようとしない。

《ソル》船内には動揺があった。

矛盾するようだが、当然と思われる手段に訴えて敵が《ソル》を攻撃してきたなら、かえってこれほど動揺しなかっただろう。問題のありかがはっきりするからだ。

《ソル》は〝不確実性〟に向かって飛行しているようなもの。

「未知宇宙船を跳ねかえすような、見えないバリアがあるのかもしれないわ」と、メタバイオ変換能力者のイルミナ・コチストワ。「それだったら、フルクースがわれわれを無視する理由もわかる」

「もっと接近したら、先にゾンデを発射しよう」と、アトランはミュータントたちにいった。「それによって、見えない防御兵器から守られればいいのだが」

ヘルムートはその種の兵器があるとは思わない。バルディオクはみずからのプシオン・エネルギーを信頼していた。巨大艦隊の存在は、軍事的というより組織的な意味で機能を発揮すると思っていたのだろう。

「ブルロクがはっきり感じられるよ」グッキーがそわそわしている。「攻撃的な態勢にはいったみたいだ」

「バルディオクと関係があるにちがいない」と、アトランは推測し、「超越知性体は未知勢力に攻撃されたか、窮状におちいっているのではないか。それで具象をそそのかしたのかもしれん」

「そうではないでしょう」ブジョ・ブレイスコルが毅然として反論する。ヘルムートは最近ブジョがほかの《ソル》乗員にまじっても堂々としていることに感心した。猫男の人格がつちかわれたのは、アラスカ・シェーデレーアの貢献が大きい。

「なにか感じたのか、ブジョ？」アルコン人がたずねた。

「ぼくの感じでは」と、ブレイスコルは答えて、「具象の憎悪はバルディオクに向けられています」

乗員たちは仰天してブジョを見た。

「そんなはずはない」と、レジナルド・ブル。

「わたしはブジョの見方は正しいと思う」フェルマー・ロイドが発言した。ミュータント部隊のリーダーであるフェルマーもテレパスだが、そのプシオン能力はグッキーやブジョ・ブレイスコルにはかなわない。だが、かれは探知者でもあるから、キャッチしたインパルスの意味をだれよりもよく解釈できるのだ。

「つまり、バルディオクと具象の戦いか！」と、アトラン。「説明がつくのか？」

ブジョはかぶりを振り、

「まだ無理です！　でも、目標星系にはいればインパルスの違いがわかるでしょう」

アトランは《ソル》に緊急警報を発令した。巨大宇宙船の武器システムは攻撃態勢になり、防御バリアが瞬時にはれる状態だ。格納庫の搭載艇はスタート準備をととのえ、着陸・特務コマンドは完全装備をしている。

あらゆる不測の事態にそなえた……と、アトランは信じていた。

急襲してペリー・ローダンを解放しよう。

だが、ヘルムートは司令室の幹部たちが思っているのとはまったく違うなりゆきになるだろうと感じていた。バルクセフト銀河ではただならぬことが起きている。ふたつの力の集合体の領域で、宇宙全体に影響するような事件が勃発するだろう。

「たとえペリー・ローダンがバルディオクの中心惑星にいるとしても、かれの思考インパルスをキャッチすることはできない」と、フェルマー・ロイド。「ほかのパラメンタル放射が強すぎるから」

そのとき、司令室の中央入口でひっかくような音がした。

ヘルムートは振りかえる前から、だれがきたのかわかる。

テルムの女帝の研究者、ドウク・ラングルだ。

アラスカ・シェーデレーアを抱きかかえている。意識がないらしい。

司令室の一同は四脚の地球外生物に注目する。

ラングルのベルトのトランスレーターはすでにスイッチがはいっていた。

「アラスカと話そうと思って、キャビンに行ったのですが」研究者は説明をはじめた。「なかなか出てこないので、心配になって扉を力ずくであけたら、こんな状態で……」

アトランが研究者に近づき、転送障害者をうけとる。アルコン人はアラスカの痩《や》せたからだを楽々と星図テーブルの横の寝椅子に横たえた。すぐにブジョもアラスカのわきにくる。

「気を失っているようだ」と、アトラン。

「なぜでしょう？」メントロ・コスムがいった。「カピンの断片は異常な活性をしめしてはいませんが」

医師が急いでやってきた。マスクに手をかけようとしたかれを、アトランがつきとばし、

「正気か？」と、どなりつけた。「われわれ全員を死なせたいのか？」

若い《ソル》生まれの医師は赤面し、

「すっかり……忘れておりまして……」と、口ごもる。

「診察しろ」アトランはなだめるようにいって、「だが、不注意なことはするなよ」

アルコン人はふたたび制御装置のほうにもどった。失神した男のそばにいるより優先すべきことがあるからだ。

ヘルムートはフルクースの行動に変化がないことを確認し、マスクの男が休んでいる寝椅子に近づいた。

「いまに意識を回復する！」ブジョがちいさな声でささやく。

「ショック症状でしょう」と、医師。

アラスカが動いた。両手を目の前に持ってきて、なにかをつかむような動作をし、

「キトマ！」と、突然、叫んだ。

ヘルムートはそれがなにを意味しているのかわからなかった。

「幻覚を見ている」輸送ロボットに乗ったリバルド・コレッロが、びっくりしていう。

「キトマという名前に聞きおぼえが？」面くらって、ヘルムートはきいた。

「もちろんだ」と、コレッロ。「謎に満ちた存在で、以前に何回か少女のかたちをとってアラスカの前にあらわれた。大群を建設した種族の一員だと、アラスカは思っている。ある日、キトマはかれに別れを告げ、自分の種族を探すために永遠に去るといった」

「アラスカがこんなに苦しんでいるのは、超越知性体が近くにいるからじゃないかな」ブジョ・ブレイスコルがいった。

アラスカ・シェーデレーアが起きあがった。医師が手助けし、

「気分はどうですか？」と、転送障害者にたずねる。「なにがあったので？」

「キャビンで気を失っているところをドウクが発見したんです」と、ヘルムート。

「すまないが、扉をつきやぶってはいりました」研究者がしずかに説明する。「修理が必要かもしれません」

アラスカはまだ混乱しているようすでかぶりを振り、リバルド・コレッロを見あげて、

「あの少女だ、リブ！」と、しわがれ声でいった。「彼女が出てきた。はっきり見たんだ」

度はずれて大きな頭蓋骨と人形のような子供っぽい顔を持ったスーパー・ミュータントは、ためすようにアラスカを見て、

「キトマは永遠に去ったはず！　錯覚じゃないのか？」

アラスカはそれに答えず、じっと考えこんでいる。

ジョスカン・ヘルムートは制御装置の方向に目をやり、《ソル》が未知星系の周辺宙域に突入したのを確認した。すでにフルクース部隊の横を通過しているが、もめごとは発生しない。メントロ・コスムはサート・フードをひきよせ、すぐにでも回避行動をとれる準備をしている。だが、その必要もないらしい。

ヘルムートが宙域探知スクリーンで確認したのはおもにフルクースの黒い円盤艦だが、ほかのタイプの宇宙船もある。バルディオクのべつの補助種族のものだろう。

「この巨大艦隊は部隊間で連絡をとりあっている」と、ガルブレイス・デイトン。「つまり、作戦行動に出る準備はあるということ」

「それでもわれわれを泳がせているとは……ますますわからなくなってきた」ブルがいった。

アトランはテラナーの友を一瞥《いちべつ》し、

「どうしていいかわからないのでは？　バルディオクのプシオン・エネルギーが沈黙したことが原因だろう」

「なんなくバルディオクの中心惑星に着陸できそうです！」と、コスム。

ヘルムートは緊張してアトランの決断を待った。もっとも、アルコン人が作戦を中断するとはとても思えないが。あらかじめ送りこんだゾンデによれば、エネルギー性のバリアはないらしい。

それなのに、ヘルムートはいやな気分だった。バルディオクの中心惑星に到達したとすれば、《ソル》はさまざまな巨大宇宙船の監視リングの内部にいることになる。フルクースが自分たちの義務を思いだしたら、テラ船に逃亡のチャンスはない。

「ブルロクがわれわれを発見した！」フェルマー・ロイドが叫んだ。「ブルロクの放射を感じたんだ。放射がこっちに集中している」

アトランは悪態をつき、

「面倒なことになったな。もしもローダンがまだ具象の支配下にあるなら、誘拐のときと同じように脅されるかもしれん」

ヘルムートは心配になる。今回は第四具象の攻撃に対するそなえをしているとはいえ、また負けるのではないか。

「状況はきびしい」と、ロイド。「だが、ブルロクはほかにも問題をかかえているようだから、われわれに完全に集中できないかもしれない」

「フェルマーのいうとおりだよ」グッキーが加勢して、「具象はたしかにぼくらを見つけて、不安を感じてる。でもよくわからないけど、惑星でなにか事件があって、それで気を揉《も》んでるみたいだ」

「ペリーがどうなっているか、わからんのか？」と、アトラン。

「わかりません」と、残念そうにロイドが答える。

その瞬間、アラスカ・シェーデレーアがいった。

「ペリーはもう、ブルロクの支配下にはいません」

全員の視線が転送障害者に集中する。

アラスカは肩を落とし、寝椅子の上にうずくまっていた。

「あの惑星にさっきまでいた存在とコンタクトしました」と、説明し、「そのときにくわしい話を聞いたのです。バルディオクは危機的な状況にある。キトマがいうには、われわれに超越知性体を助けてほしいと」

「アラスカ!」ブルが憤激して叫んだ。「なにをいってるか、わかっているのか? なぜわれわれがバルディオクを助けなきゃならん! 人類を隷属させようとしたやつだぞ。その具象はペリー・ローダンを誘拐した。さらに、バルディオクはわれわれが同盟を結んでいるテルムの女帝の敵だ」

「シェーデレーアは裏切り者だ!」プーカルが激していう。「われわれ、バルディオクを殺さなければ」

チョールクの粗暴さはヘルムートを不安にさせた。この精神状態では、戦争クリスタル保持者はどんなことでもやりかねない。さいわい、幹部たちの決定には影響力がないが。もしもこの瞬間、プーカルが一艦隊を自由に動かせるとしたら、なにが起きるか容易に想像できる。憎悪をたぎらせて、動揺したフルクースに襲いかかり、おぞましい大量殺戮をくりひろげるだろう。

「おちつけ、プーカル！」アトランが冷静にいった。「きみの気持ちはわかるが、いまは冷静な頭で判断することが大切だ」

「たわ言を！」プーカルは文句をいい、すみにひっこむと、そこでじっと動かずにいる。自分の提案を実行できる機会をうかがっているのだろう。

アトランはマスクの男のほうに向きなおり、

「くわしく報告してくれないか、アラスカ？」

だが、痩せぎすのテラナーはそれを断り、

「わたしが知っているのは、バルディオクが危険な状態にあることと、ペリー・ローダンがかれを助けようとしていることだけです」

ヘルムートは信じられない思いで聞きいった。

ペリー・ローダンが超越知性体バルディオクと結託している？

なにかの間違いだろう。

「こんどはブルロクに勝てるでしょう」アラスカはしっかりとした口調でつづけた。

「ふたつのクリスタルが具象を打ち負かす力をミュータントたちにあたえてくれます」

「われわれが接近中の惑星は、脳のような生体構造におおわれている！」デイトンがいった。遠距離探知の最初の映像を受信したところだ。「これがバルディオクだろう」ヘルムートは司令室が冷静さをたもっているのが不思議だった。

「安定した周回軌道にはいる」と、アトラン。「特務コマンドは準備をするように」

どうかしている！　とっさに《ソル》生まれのスポークスマンは思った。われわれ、ひとりとして生きて帰れないだろう。

だが、からだがいうことをきかず、自分の感情を言葉にすることができない。

ヘルムートはミュータントたちを観察。かれらはブルロクのインパルスに対する最初の反応をしめしている。フェルマー・ロイドは目を見ひらき、顔には赤みがさしてきた。リバルド・コレッロは輸送ロボットのシート上でまるくなっている。グッキーは全身をぶるぶる震わせていた。

ミュータントと第四具象とのあいだのプシ決闘はすでにはじまっている。ヘルムートはうろたえながら認識した。

この戦いの行方が、作戦を続行できるかどうかの試金石になるだろう。

9

あおむけに横たわったローダンは、バルディオクの脳組織が自分のからだからはなれるのを感じた。これまで屋根をつくって守ってくれていた植物がしぼんでいく。超越知性体とコンタクトがとれなくなり、これからなにが起こるのかまったくわからない。疲労のあまり、頭をあげることもできないほどだ。横になったまま、衰弱状態から回復するのを待つのみ。これまでは細胞活性装置が救ってくれたから、今回も大丈夫だろうが。

ローダンはブルロクのことを考えた。第四具象がここにきたら、完全に無防備な自分を発見し、やすやすと殺すことができるだろう。

ブルロクがこの瞬間、ほかの問題に翻弄されているのを願うばかりだ。

精神的にもまだバルディオクの最後の悪夢の影響下にあるが、ローダンは自分の思考を整理してみることにした。起きあがって行動できる状態になったら、すぐにしっかりした計画にもとづいて動かなければならない。

焦眉の問題は……

長い眠りからさめたバルディオクがどうするかということだ。

超越知性体が生きているのは明らか。よせては返す波のように存在するパラメンタル・インパルスで、それを感じる。だが、バルディオクは自分自身をコントロールできないらしい。

驚くには値いしない。バルディオクは長期間にわたって夢の世界に生きてきたから、現実の世界に慣れるまでには時間がかかるのだ。

まったく順応できないことも考えられる。

グローバル脳が理性を失い、余生を夢うつつで送る可能性すら、ローダンは考えた。細胞活性装置の効果が徐々にあらわれる。ガールマン・ウイルスの影響はもうない。バルディオクを苦労して起こしたものの、これでよかったのだろうか。その思いがローダンを苦しめる。この覚醒が恐ろしい宇宙的カタストロフィをひきおこすかもしれない。バルディオクの力の集合体に混沌状態が生じる恐れもある。ローダンは不吉な幻覚のなかで、バルディオク帝国の破滅を想像した。

そのとき、物音がした。原因を見つけようと、頭をあげる。きっと、近くを動物がうろついているのだろう。現在の状況が理解できず、混乱している共生者たちだ。ローダンはかれらに同情した。自分に責任の一端があると感じていたから。

だが、動物は一匹もいない。

ようやくからだを起こす。

「ペリー・ローダンだな！」背後で声がした。

はるか遠くから聞こえてくるような声には、孤独な響きが感じられた。流暢なインターコスモがその印象をさらに増幅させる。

一瞬、心臓がとまりそうになったが、ローダンは決心してうしろを見た。

目の前にいたのはヒューマノイドだった。しわくちゃ顔の小人で、シルクハットをかぶっている。だが、もっとびっくりさせられたのは、殲滅スーツだ。

「カリブソ！」ペリー・ローダンは叫んだが、ブルロクから聞いたバルディオクの話を思いだし、「ガネルク！」と、訂正する。

「カリブソでも正しいのだが」と、小人は悲しげな笑いを浮かべた。「時間超越者の時代は終わった。だから、七強者のひとりの名を名乗る理由もなくなった」

宇宙のどこかで起こった出来ごとの背景とあらましを知ろうとして、

「どうやってここへ？」と、ローダンは質問する。「それに、あなたの任務は？」

「ケモアウクにたのまれてバルディオクにきた」と、答えがあった。「この惑星の座標データを知らされ、バルディオクを救済するようたのまれたのだ。もっとも、ケモアウクはここでなにが起きたのか知らない。バルディオクがまだカプセルに閉じこめられているると思っているのだから」

ローダンは思わずまわりを見まわした。

「ブルロクは近くにいない」カリブソがなだめた。ローダンの思考を察知したのだろう。

ローダンは声を低めて、

「わたしはバルディオクを起こしてしまった！」

「知っている」と、カリブソ。「だが、起こすだけでは不充分だ。われわれはバルディオクを今後も助けなければならない。重要なのは、播種船のかくし場所を聞きだすこと。あの宇宙船は本来の目的に使用しなければ」

ローダンは大きく息を吸って、

「あなたはバルディオクの処罰を完結しようとしているのではないのか」と、相手をじっと見た。「そうする理由はいくらもあるだろう」

かつての大群の監視者は手ぶりをまじえて、

「それがどれほど大昔の話か、知っているのか？」

「だいたいのところは」と、ローダン。

「わたしは自分の兄弟をもう憎んじゃいない」カリブソはいった。「当時、われわれはあらゆる誤りをおかした。七名全員がなんらかの危機に瀕していたといっていい。バルディオクが裏切り者にならなかったら、七名のうちのだれかがひどい目にあっていただろう。いまさら自分たちの行状に意味づけする気はないがね。われわれ、機械的作業をするロボットにおとしめられたのだ。だが、それは本来の姿ではない！　たしかにおのれの素姓はわからないし、ある日突然に意識が目ざめたのだが……〝宇宙の城〟でね。やがて、最初の〝召喚〟をうけた」

「その話は知っている。ブルロクから聞いたのだ。あなたがアラスカ・シェーデレーアとデログヴァニエンで会ったことも知っている。アラスカがいっていたからな」

ガネルク＝カリブソは思案顔でテラナーを見て、

「その人間と時間超越者のあいだに、関係があると思うか？」

「わからない」と、ローダンは告白。これまで考えたこともない。だが、カリブソの指摘はショックだった。それでも、かぶりを振りながら、「いや、ないはずだ。偶然に遭遇したのだろう。われわれ人間は、テルムの女帝とバルディオクの宇宙戦争に巻きこまれただけなのだから」

カリブソはよく聞いていないようだ。

「すばらしい考えだな！」と、ローダンに向かって、「だからといって、物質の泉を統治するシステムにまつわる計画に、きみたちが一枚嚙んでいないという証拠にはならないだろう？」

ローダンはそうした憶測には抵抗する。わけがわからないからだ。物質の泉がなんであるかも、それがどう発生してどのような意味を持つのかも、知らないのだから。泉の〝内部〟にいる勢力についてもわからない。

「目をさましたバルディオクには、現実を直視してもらいたいもの」と、カリブソ。

「そうすれば、播種船が見つかるという希望にもつながる」

「われわれ、ふたたびバルディオクとコンタクトしなければならない」と、ローダン。

「始原脳を見つけなければ。ブルロクもその場所を探している。具象は力の集合体の権力を奪いとるため、バルディオクを殺そうとしているのだ」

カリブソは考えこみながら、

「ケモアウクがどこにカプセルを置いたのか、わたしはずっと考えていた。だが、いくらケモアウクの立場になって想像をめぐらしても、その場所はわからん」

「バルディオクは偽装しているぞ！」

「わかっているさ！」カリブソはシルクハットをとって、装備を見せた。「この器具も役にたたないようだ」

「ブルロクが先手をうってくる」ローダンはとほうにくれていった。

「ばかな！」カリブソは帽子をまたかぶった。殲滅スーツのヘルメットはちいさく巻きこんで顎のあたりにあるので、かんたんにシルクハットを着脱できる。

「どうしたらいいのだろう？」ローダンがたずねた。

「ふた手に分かれよう」もと監視者ははっきり告げた。「そうすれば、バルディオクを見つけるチャンスが倍になる」

「たちまちブルロクに捕まるのではないか」ローダンが陰気につぶやく。

だが、カリブソは淡々とした態度で、

「臆病になるな、テラナー。聞いた話では、きみはこんな戦いくらい楽に乗りきれる度量の持ち主だというじゃないか」

カリブソといると、ローダンは自信が湧いてくるように感じた。そのため、かれの言葉にしたがって第四具象と対決することにしたのである。戦略上の判断などではない。

「われわれの一方が始原脳を見つけたら、どうやって連絡すればいいのだ？」テラナーは質問した。

時間超越者は笑って、

「こっちがうまくいったら、知らせるさ。逆の場合には気にしなくていい。わたしがいなくても、きみは正しい行動をとるだろうから」

ふとローダンの頭に、これまでまったく念頭になかった考えが浮かんだ。

「あなたがバルディオクを恨まないのはいいが……その〝逆〟はどうなのだ？　知ってのとおり、バルディオクの行動は、兄弟たちに見つかってまた処罰されるのではないかというトラウマに強く支配されている」

「寝ているあいだはそうした感情を持ったにちがいない。だが、いまは考え方が変わったはず」

それは仮説だ！　ローダンは不満に思った。時間超越者の同盟のメンバーと出会ったらバルディオクがいったいどう反応するか、監視者もはっきりとはいえまい。

結果として、あらたな紛糾と対立が生じるかもしれない。

おそらく、と、ローダンは考えた。ブルロクだけでなくカリブソの機先も制することが、このうえなく重要になるだろう。

そのとき、カリブソがたずねた。

「〝かれ〟を感じるか？」

「バルディオクか？　メンタルな背景騒音としては聞こえる。意味はわからないが」

「違う、ブルロクのことだ！」

「感じない」と、テラナー。

「具象のプシオン性オーラが変化したのさ。宇宙からくる攪乱《かくらん》ファクターに影響されている」

「宇宙？」ローダンは驚いていった。「具象がフルクースとなにかあったのか？」

「フルクースは具象にとって危険を意味しない。いや、これはプシオン・エネルギーを自由にあやつる者のしわざだ」

ローダンはその現象についてさらに話したかったが、突然カリブソは見えなくなった。それ以上なにもいってこない。ローダンを置きざりにして、バルディオクの始原脳を探しにいったのだろう。

ローダンは自分も捜索をはじめようと決意した。だが、ブルロクの脅威が消えたと思っているわけではない。

体力がすぐにもどったことを確認して、ほっとする。細胞活性装置の放射は効力を失っていない。

ローダンは惑星をおおう脳の〝枝〟を越えて進み、たちまち最初の大規模な有機的分岐点についた。ここでなにが起きているのだろう？

バルディオクはまだこの結節を使っているのか、それとも、覚醒後はすべての思考プロセスが始原脳だけで進行しているのか？

それについていま考えるのは無益だ。

ローダンはさらに進んだ。

谷の終わるあたりで方向を確認したとき、バルディオクの空に黒っぽい点が見えた。みるみる大きくなっていく。

ローダンは根が生えたように立ちつくし、その瞬間に湧きあがった感情の嵐を必死におさえこんだ。

空にあらわれたのは、コルヴェットだったのである。

＊

ブルロクはフルクースのもとを去り、エネルギー球体をちいさな窪みに着陸させた。岩がちの地面にバルディオクの脳組織が伸びていないことを、あらかじめ確認する。この状況下では、すべての妨害要因がカタストロフィを招く恐れがあるから。

《ソル》がバルディオクをめざして飛行してくる。

あの船の乗員たちがこっちに向かっているというだけでも、ブルロクにはショックだった。宇宙船と人間に関する知識に照らして、自分のシュプールを追跡することは不可能と踏んでいたのに。

自分の知らないなにかが関与しているのだろう。

それがブルロクを動揺させた。

遠距離宇宙船内でなにかが起きていることを示唆する現象は、もうひとつある。プシオン・エネルギーをフルに使っても、《ソル》のミュータントたちに影響をおよぼせないのだ。なにものかが妨害している。未知物質でできた〝防壁〟のようなものが、ミュータントたちを遮蔽しているのだ。

ところが、ミュータントたちのほうは猛烈な力で攻撃してくる。

かれらがプシオン性のブロックをつくり、力をあわせて攻撃してくるのを、ブルロクははっきり感じた。だが、そのブロックのせいで防壁が生じたとは考えにくい。それなら、ミュータントはブルロクが船内にいたときに使っていたはずだから。

ま、いい！　ブルロクは自分をはげました。やつらはわたしを発見し、バルディオクの始原脳の捜索をじゃましようとしている。だが、それは一時的な妨害にすぎない。いずれ打ちのめしてやる。

具象は超心理性エネルギーを意味なく使うのをやめた。宇宙船がもっと接近したら、防壁がどういう構造なのか、どうやったら破壊できるか、見きわめなければなるまい。それから決定的な一撃をくりだすのだ。

防壁がどんなものであるにせよ、それは宇宙船がここにきたことと関係がある。人間たちはパルフェクス＝パル星系を独力で発見したのではない。なにかが、またはだれかが、手びきをしている。《ソル》のミュータントたちが盾のように使っているあの防壁も、その謎の力がつくりだしたのだろう。

ブルロクはいまはミュータントたちとの対決を避けたかった。ガネルクが独断で行動している可能性があるから。

こうした状況下で前と同じように勝てると信じるのは、楽観的すぎる。

バルディオクだけは具象に太刀打ちできるが、いまの超越知性体はなにかできるような状態ではない。

ブルロクはバルディオクの覚醒に気づいた。だが、さいわいなことに、バルディオクは現在なにが起きているのかわかっていない。数十万年におよぶ睡眠の影響はいまものこり、今後もかなりのあいだ判断力が鈍るだろう。

バルディオクが論理的に考えられるようになったら、具象の役割をこころえて、それなりに反応すればいい。

人間たちが大胆にもバルディオクに向けてコースをとったのを知り、具象は激怒した。この行動は超越知性体の脆弱さの証拠ではないか？

パルフェクス＝パル星系のたよりない保安システムは崩壊した。フルクースがまごましていたせいだ。バルディオクとのコンタクトはとだえ、もう出るはずのない命令を待つばかり。

この空白状態を埋める時間がないのが残念だ。

しばらくして、《ソル》がバルディオクの周回軌道に達した。

これは、バルディオクが現在どんな状態にあるかを明らかにする出来ごとといえる。一日前だったら、ドゥールトの部隊に属するとおぼしき宇宙船が出現することなど、とても考えられなかっただろう。

バルディオクをもの笑いの種にする行為だ。いまは超越知性体との関係が変わってしまったブルロクにとっても、おもしろいことではない。だが、力はすこしも衰えてはいないとはいえ、《ソル》の到着を阻止するのはむずかしかった。

ペリー・ローダンがまだ捕虜だったら、乗員たちに圧力をかけられただろう。そうすれば人間たちを脅すこともできた。だが、ローダンを捕虜にとっていると見せかけることは意味がない。《ソル》のミュータントたちがたちまち真実を嗅ぎつけ、この策略は弱点の裏返しだとわかってしまうだろう。

弱みをあえてさらすつもりはない。すぐにまた主導権を握ると確信している。そのためには、どうしてもミュータントたちの防壁を打ちくだき、プシ・ブロックをこじあけなければ。それ以外の乗員は問題ではない。ヒュプノ暗示性ショックでかんたんに籠絡《ろうらく》できるからだ。

だが、ブルロクはすぐに、おのれの楽観的イメージと現実のあいだの大きな差を思い知ることになる。

《ソル》のミュータントたちは具象が攻勢を強めるのを待たず、自分たちから攻撃してきたのである。

ブルロクは自分が集中的なプシ攻撃の標的になっていると感じた。波のように押しよせるプシ攻撃にはさまざまな固有プシ・エネルギーがまじっていて、それぞれが危険性をおびているため、抵抗するのは困難である。

まだしも無害だったのはテレパスのインパルスだ。こちらの場所と状態を調べるだけが目的だから。

テレキネシスの放射はまったく違った。この放射と不可解なプシオン効果がブルロクを困惑させる。

具象は完全に守勢にまわってしまった。

自信は揺らがなかったが、活動範囲は信じられないほど狭《せば》まっている。この窪地でだれかに発見され猛攻撃をうけるのを待つか、逃亡するしかないのだから。

ほかの選択肢はいまのところない。

これもバルディオクのせいだ！　具象には憎しみしかなかった。目をさました超越知性体は、もはやみずからを制御できる状態にはない。まして、おのれの周辺や力の集合体全体をコントロールすることなど考えられない。

バルディオクが力の集合体に対する影響力を失ったことを考え、ブルロクは憤《いきどお》りのあまり叫びそうになった。この宇宙セクターをふたたび征服するのはどれほど大変なことか。

バルディオクはすべてを投げだした意気地なしだ。

そう思ったブルロクはめちゃくちゃに暴れ、意味なく力を浪費してしまった。全力を使いはたしてからようやく正気にもどり、なにも変わっていないことを確認する。《ソル》は依然として惑星の周回軌道にいた。すべての徴候から判断すると、宇宙船はミュータントを乗せた搭載艇を送りこむ準備をしているはず。

《ソル》と乗員を守っている謎の物質もついてくるだろう。

きっと、テルムの女帝が人間にわたした武器にちがいない。

ブルロクはローダンのクリスタルのことを思いだした。

乗員たちのもとにドゥールトのべつのクリスタルがあるか、伝説のプルールがきている可能性すらある。この石と効果については、いろいろな噂を聞いた。あの憎まれ者のプーカルが肌身はなさず持っている黒いクリスタルが、それかもしれない。

すると、プーカルは《ソル》船内にいて、かれが死んだという噂はでっちあげということになる。

ドゥールトのクリスタル保持者がこの惑星にいまにもやってくると思うと、ブルロクは気が狂いそうになった。バルディオクに造反していながら、まだ超越知性体とつながりがあるのだ。なにしろ、そこから生まれたのだから。クリスタル保持者たちがやってくれば、惑星は汚れてしまう。そう思うと、吐き気すらした。

だが、どうしたらいいのか？

かれらが自分のかわりにバルディオクを殺してくれると願うのはばかげている。

ブルロクはペリー・ローダンと長くいっしょにいたので、人間の倫理観がよくわかるのだ。

人間たちは正当な理由のもと、超越知性体と勇敢に戦った。それでも、その同じ相手を救出するため、あらゆる手をつくすことは考えられる。

ブルロクにとってはまさに支離滅裂な話だが、事実は事実だ。

テルムの女帝はみずからよく考えたうえで、人間を同盟者にしたもの。しかし、人間が不倶戴天《ふぐたいてん》の敵に肩いれすると予見していただろうか？

もしそうなら、テルムの女帝に関するこれまでの知識を忘れ、まったく新しいイメージをつくりなおさなければならない。

ブルロクは自分が充分な情報を持っていないことに気づいてうろたえた。

バルディオクはもっと知っていたのか？

だまされ、裏切られたと感じる。先駆者クレルマク、シェルノク、ヴェルノクはバルディオクに忠実に戦ったではないか？

ここ数日の出来ごとで、バルディオクに謀反を起こすさらなる理由を提供された気がする。自分の決断が正しいと、あとづけされたようなもの。

だが、そんなことを考えても、なんの足しにもならない。おのれの計画を実現するため、粘り強く行動しなければ。

ミュータントたちを乗せた《ソル》の搭載艇がスタートしたのを確認し、ブルロクはすっかり狼狽した。最後の瞬間まで、本当に敢行するとは思っていなかったのである。

ミュータントのプシオン圧力がどんどん強くなる。

ブルロクはしぶとく抵抗したが、とても持ちこたえられそうにない。

つまり……逃亡を考えるということか！

いや、そのような不名誉は考えられない。もしも逃げたら、けっして自分を許せないだろう。

だが、ブルロクは考えた。けっして抹殺されたりしないと。

執拗にミュータントたちの前にあらわれてやろう。いつ、どの瞬間に具象が出現して攻撃してくるかわからない状態では、かれらは平穏な時間を持つことができないはず。

一ポジションを断念し、もうひとつの有力なポジションを確保することにしよう。

たしかに、けんかには一回負けた。

しかし、戦争には勝利する。

ブルロクはエネルギー球体のハッチを閉め、エンジンを作動させた。ほどなく、具象を乗せた飛行物体は窪みを出て、飛びさっていった。

＊

ニード＝コールシュは、どのくらいのあいだ身体硬直の状態でそこにいたのかわからなかった。動かず、感じず、意識が無になったままで。

気がついて最初に考えたのは、仲間の安否である。パルフェクス＝パル星系のフルクース最高指揮官代行に適した指揮能力を持っているということだろう。もっとも、かれらはぼんやりとつったって、なにをしていいかわからないようだ。

なんとかしないと！　ニード＝コールシュは考えた。ここに永遠に立ちつくし、運命に身をまかせてはいられない。

バルディオクの命令インパルスを聞こうと意識を集中したが、むだだった。〝主人〟のメンタル沈黙は依然としてつづいている。

かがみこんで通信装置をとりあげた。

旗艦に連絡しようとこころみる。数回やって、ようやくモシュカトルが応答した。

「なにがあったのですか？」ニード＝コールシュは必死に質問する。「〝主人〟が答えてくれません」

「まだわからない」モシュカトルから返事があった。疲れた声だ。自身が答えられない質問を何時間も浴びせられていたのだろう。

「われわれが気づかないあいだに、バルディオクは本当に襲撃されたのかもしれません」

「そんなばかな」と、最高指揮官。「われわれにわかっているのは、バルディオクが変わったということだけだ。どのような変化かは推測できない。もっとも、役にたちそうなヒントはある。未知宇宙船がさっきから惑星の周回軌道を飛行しているのだ」

とっさにニード＝コールシュは頭をもたげ、

「未知宇宙船？」と、くりかえした。「なぜ、ほうっておくのですか？」

「命令が出ていないからな」モシュカトルは自己弁護して、「〝主人〟の従者だという可能性もある。たんに怪しいからといって、攻撃をしかけるわけにはいかないだろう？」

上官を非難する理由はもちろんない。ニード＝コールシュも同じ立場だったらそうしただろう。

モシュカトルの絶望感がひしひしと伝わってくる。

すべてのフルクースが困惑していると知り、ニード＝コールシュは衝撃をうけた。有力な宙航種族がたったの一撃で骨ぬきにされてしまうとは。

なぜ、バルディオクはこの状態を容認しているのか？

「なりゆきを見守ろう」と、ふたたびモシュカトルの声。

「見守る？」ニード＝コールシュは手をこまぬいてただ奇蹟を待つことをよしとせず、

「もし、なにも起こらなかったら、どうするのです？」

「なにかあるさ」モシュカトルは懇願するような調子でいった。「〝主人〟はわれわれをためすために沈黙しているのだ。そのうちすぐに連絡があり、なにをすべきかいってくれる」

この発言は最高指揮官代行に一定の効果をもたらした……自分の種族がいかに超越知性体まかせで、力量不足かを痛感したという意味で。数時間前だったら、そんなことを考えるのは異端者だと思っただろうし、そもそも考える状態になかったのだが。

自分は長年にわたり、種族の置かれた立場を見る目を持たなかったということか？ モシュカトルはまだバルディオクを信用しているらしい。だが、ニード＝コールシュはひとつの時代が終わったと確信した。しかし、その先どうなるかはわからない。自分がとほうもないカタストロフィの証人になるような予感がする。

「着陸部隊を撤退させるべきでは」と、モシュカトルに提案する。

「撤退だと？」驚きの声がかえってきた。「自分がなにをいっているか、わかっているのか？」

「いえ！ わかっているのは、艦内のほうがこの惑星にいるより安心できるということだけで……」それは本心だった。フルクース艦は安定していて、たよりになる。モシュカトルはなぜそれがわからないのか？

「そんなことは命令せんぞ！」モシュカトルが断固としていった。「バルディオクがそう命じれば話はべつだが」

ニード＝コールシュは同情した。モシュカトルは誉れ高き宇宙兵である。だが、もう命令など出ないということがわからないのだ。

今後、フルクースは行動をみずから決めなければならない。

信じられないが、それが現実だ。この状況と早く折りあいをつければ、襲いくるジレンマから逃れるチャンスも大きくなる。

「きみは正気なのか？」その瞬間、モシュカトルがたずねた。「話を聞いていると、反乱でも起こそうとしているようだが」

「わたしは忠誠をつくすことを誓います」ニード＝コールシュはぎこちなくいった。こうした状況で恭順の決まり文句をいうのははばからしかったが、最高指揮官によけいな心配をさせたくなかったのである。

事実、モシュカトルは安心したらしく、

「次の情報を待とう」と、いった。「なにかあったら連絡する」

通信が切れてから、ニード＝コールシュは兵士たちに向かって、

「艦にもどる」と、指示した。「わたしについてくるように」

兵士たちは当然のようにしたがった。宇宙船はどんな変化もおよばない安全な避難所だ……そう見えるだけの話だが。

変化は広範囲におよんでいる。もっとも下位のフルクースも例外ではないだろう。われわれは孤立した！　ニード＝コールシュはふたたび思った。だが、その思いももはや、かれを驚かせはしなかった。

＊

コルヴェットはペリー・ローダンの頭上を浮遊している。その主エアロックには四名の姿があった。二名はグッキーとフェルマー・ロイドで、ほかの二名は医師らしい。

ローダンはそのようすを見て、なぜネズミ＝ビーバーが地表にテレポーテーションしないのかと考えた。たぶん、ほかの目的のために超心理性エネルギーを蓄えておく必要があるのだろう。

グッキーはローダンに合図する。宙航士四名が全員、エアロックから跳びだし、谷にいる孤独な男のほうにやってきた。

ローダンはとっさに夢かと思った。友の到着はそれほど信じられなかったのである。

イルトが最初にローダンの前に着地。すべての思いをこめたしぐさをしてから、辛辣《しんらつ》な調子にもどり、

「ここらへんに散らかってるのはチーフの脳じゃないよね？」

ローダンは怒濤のように感情が押しよせ、喉がつまって話せない。

ロイドがあとのふたりとともに横にあらわれ、

「このふたりはヘイスト博士と宇宙心理学者のアルト・サニスです。チーフを《ソル》の医療ステーションまで連れていき、休養してもらうことになっているので」

「そんなことはまっぴらだ!」と、ローダン。「ここでなにが起こっているか、《ソル》船内ではだれも知らないのだろう。バルディオクをあとにするわけにはいかない」

「すぐにケアが必要です」と、ずんぐりしたヘイスト博士がいった。「アトランから、かならずそうするようにいわれていますので」

ローダンはコルヴェットを見あげた。

無言の問いを理解したロイドが、

「アルコン人は《ソル》にいます。搭載艇にはミュータント全員がいますがね。われわれ、ブルロクを追いはらいました」

「追いはらった?」ローダンは信じられない顔でテレパスを見て、「どうやって?」

「テルムの女帝のふたつのクリスタルが防御フィールドを形成したみたいで」と、ローダンにほほえみかけ、「船内にプルールがあることはもちろんご存じないでしょうが」

「それで、プーカルは?」

「プーカル! あの乱暴者、フルクースにとどめを刺そうとしてテルコニット鋼の壁を破壊するところでしたが、われわれがやめさせました」

「クリスタルがコースをしめしたのか！」ローダンはいいあてた。

ロイドがうなずく。ローダンがすばやく状況を把握したので驚いているようだ。

ローダンは枯れた植物を指さして、

「わたしはバルディオクの惑星全体にひろがる共生体の一部になっていたのだ」と、いった。「不思議な幻影を何回か見た。だが、その話はあとでする。すぐに《ソル》に行き、アトランたちと話そう。バルディオクの覚醒がカタストロフィを招かないようにしなければ。とくに、ブルロクが始原脳を見つけることがあってはならない」

ロイドは理解できないという表情だ。

「《ソル》でぜんぶ話すから」と、ローダンはなだめるようにいった。

ミュータント部隊のリーダーはそれで納得したらしい。ネズミ＝ビーバーを見て、

「もうきみを解放しても大丈夫らしい、ちび。ブルロクは逃げた。ペリーといっしょに《ソル》にテレポーテーションするんだ」

グッキーはローダンの手をとった。

「待て！」ローダンが叫んだ。「軽はずみな行動で被害を出してはならないからな。フェルマー、ミュータントたちによくいってくれ。わたしが命令を出すまでは作戦行動をひかえるようにと」

「もちろんです、チーフ！」ペリー・ローダンが指揮権を握るのは当然で、なんの驚き

でもないらしい。「全員、あなたを迎えて撤退することしか考えていません」

ローダンは真剣な顔でロイドを見て、

「われわれ、当分はここにのこるのだぞ！」

そういうと、グッキーに合図した。ふたりは非実体化し、すぐに《ソル》の司令室へ。

「あ！」と、粗野な声がする。「ついにやった。ローダンがあらわれたぞ。われわれ、フルクースをいましめないと」

口をきいたのはプーカルだ。

それに答える前に、ローダンは友にかこまれた。だれもがローダンと握手し、肩をたたく。

「信じられない！」ブリーが何回も叫んだ。

ローダンはこの〝歓迎セレモニー〟を中断し、

「祝うのはあとでいい」と、告げた。「まだ、することがたっぷりある」

かいつまんで正確な状況と最近の出来ごとを説明し、最後にこういった。

「ブルロクはバルディオクの始原脳を破壊し、権力を奪いとろうとしている。なんとしても防がなければ。第四具象がバルディオクの地位につけば、われわれの努力は水の泡だ。ブルロクとは話しあいが成立しないだろうから」

アトランは思案顔で顎をなでながら、

「なぜ、われわれが急にバルディオクのために戦うことになったのか、よくわからん」と、いった。「やつはわれわれを迫害し、小陛下を地球に送りこんだ。助ける理由などないではないか」

「あの行動はバルディオクの責任とはいえません」と、ローダン。「すべては睡眠中に恐ろしい悪夢の一部として起こったこと。しかし、いま、バルディオクは目をさましました。かれが恥ずかしさと後悔に打ちひしがれるのを、わたしは感じたもの。その後はコンタクトがとぎれた状態ですが、生きているのはたしかです。ひどい窮状におちいっているかもしれません」

アトランはバルディオクの地表をうつしたスクリーンをさししめし、

「状況がわかっていないのではなかろうな？」と、たずねた。「バルディオクの脳は変質しており、その〝枝〟は惑星全体に伸びているのだぞ。そいつとわれわれのあいだに、なんの関係もありえない」

ローダンはこうした反論を予測していた。だからといって友たちを非難するつもりはない。超越知性体をよく理解するには、その夢を実際に体験する必要があるのかもしれないから。

「バルディオクをほうっておくわけにはいきません」ローダンは切々と、「それは非人間的というもの。テルムの女帝とバルディオクの対立を終わらせるチャンスでもあるのですから」

アトランはため息をつき、

「計画をたてるにあたっては、船内に深刻な対立があることを忘れるな。きみが見つかったいま、《ソル》生まれたちは以前より強硬に権利を主張してくるだろう」

「《ソル》生まれにも、苦境にある生命体を助ける倫理的な義務があります。かれらだって、それはわかるでしょう」

「バルディオクはあなたがいうような〝生命体〟ではありません」と、ジョスカン・ヘルムート。「われわれに苦悩をあたえるだけの〝抽象概念〟です」

「ペリーがなにを考えているのか、まず話を聞こうじゃないか」レジナルド・ブルが提案した。

ローダンはブルに感謝の視線を投げ、

「重要なのは、バルディオクの始原脳を探すこと。そうすればふたたびコンタクトを回復できると思う」

「それにどんな意味があるのです？」メントロ・コスムが質問した。

「バルディオクをここから去らせなければならないからだ！」

沈黙がひろがった。司令室にいる男女は感じたらしい……この冷静な発言の背景に、いまはペリー・ローダンにしか見とおせないシナリオがあると。

アトランが最初にわれに返り、

「比喩的な意味か？」

「とんでもない」と、ローダンは語気を強め、「これは具体的かつ技術的な問題です。それを解決しようといっているのです」

「そんな滑稽な話がありますか！」ジョスカン・ヘルムートがいった。「バルディオクをここから放逐するなんて……どうやって実行しようと？」

「わたしがいっているのは、この惑星のどこかにかくされている始原脳のことだ」ローダンが説明する。「見つけしだい、位置を特定し、《ソル》船内に持ちこむ」

ヘルムートはまっ青になり、

「そんな……そんなことを、わたしの友もわたしも許すわけにはいきません！」必死に自分をおさえている。「ブルロクが船内にあらわれてどうなったか、忘れられるものですか。それなのに、こんどはあらゆる災いの根をこの船内に持ちこむなどと」

「バルディオクはブルロクではない！　まったくべつの話だ。《ソル》生まれたちと話してみよう。かれらだって同意するはず」

「この問題はさらに検討せねばならんな」と、アトラン。

ローダンはじっとアルコン人を見たが、視線が返ってこない。かれは驚きとともに理解した。アトランは、テラナーの友がバルディオクのもとに長く滞在したことで精神に混乱をきたしたと疑っているのだ。

たぶん、ほかの乗員もアトランと同じように考えているのだろう。

ローダンは必死に自分をおちつかせ、

「詳細がわかれば、きみたちもわたしに同意するはず」と、いった。「だが、いまはゆっくり討論している時間がない。着陸コマンドを編成し、バルディオクの始原脳の捜索を開始しなければ」

「われわれがそれに同意したと仮定して」と、ブリー。「わたし自身は懐疑的だが、もしも始原脳を船内に持ちこんだら、どうするつもりです?」

じつは、ローダンはこの問いを恐れていた。もうすこし時間がたってから質問されることを望んでいたのだが。

それでも、答えなければなるまい。一部の乗員からほんものの狂人と思われる危険があるにせよ。

「バルディオクをドラクリオチに運ぶのだ」と、ローダンは応じた。「テルムの女帝のもとに」

あとがきにかえて

赤坂桃子

あるメーリングリストに、日本のドイツ語通訳者・翻訳者向けアンケートが転載されていた。日本の実態にくわしいドイツ人研究者が、学会で日本の独和通訳・翻訳の現状を報告するにあたり、参考にするのだという。予定されている講演のタイトルが「将来における絶滅の危機」というショッキングなものだったから、怖いもの見たさも手伝ってアンケートの内容を読んでみた。一部を紹介しよう。

ドイツ語の通訳・翻訳はあなたの主たる職業ですか？

近年、収入額は増えていますか？

第三言語（たとえば英語）は、あなたの仕事に一定の役割をはたしていますか？

コストの関係から英語で代用するような傾向がありますか？

この職業の日本における将来性についてどう思いますか?

質問はまだあるのだが、このアンケートの背景を少し説明する必要があるかもしれない。

実は、ドイツ語通訳者・ドイツ語(産業)翻訳者という職業は、下手をすると絶滅危惧種になりかねないという切実な状況にある。最近では、ドイツ語圏から発信される実務文書や技術文書も英語で書かれているケースが多い。この傾向は、欧州統合の歩みと無関係ではないと思う。また、安ければ安いほどいいという大方のクライアントの希望をうけ、品質を二の次にして翻訳料金のやみくもなダンピング競争がくりひろげられている。しかし、一定の品質の仕事には、それなりの対価が支払われるべきではないだろうか。「こづかい稼ぎになればいい」と考える人々が増えて、低価格の下支えをしている現実は、けっして好ましくはない。

通訳の場合も、ほとんどのドイツ人はまがりなりにも英語を話すから、コミュニケーションにさいして十分に意を尽くせないといった不便があったとしても、選択肢の幅がある英語の通訳者を立てることが多くなっている。

十年ほど前に、ドイツ語通訳ナンバーワンとだれもが認める優秀な同時通訳者の方の話をうかがったことがある。その方は、「十分に生活ができるだけの高収入をあげている専業のドイツ語通訳者は、私を含めて業界で二人だけです」と明言していた。英語以外の言語の通訳者は、語学学校講師などをするかたわら、通訳をしている場合が多いのではないだろうか？　業界としてのパイがそれだけ小さいとも言える。

私が所属するドイツ語産業翻訳者の勉強会などで、仕事量の激減を会員が嘆いていたのはもうかなり以前のことで、このごろは万策尽きたためか、話題にすらのぼらない。四半世紀以上も前から仕事をしているベテラン産業翻訳者の話だが、数年前に新規に翻訳会社に登録してみたら、提示された翻訳料金が駆けだし当時の額を大幅に下回っていて衝撃をうけたという（その「ベテラン産業翻訳者」とかいう怪しげな人物がだれかは、ご想像にまかせます）。


出版翻訳のほうだって負けず劣らず厳しい。

書評家の豊崎由美氏がたびたび言われていることだが、以前に海外文学を出している出版社に取材したところ、どの編集者も「海外文学読者のコア層は三千人」という認識だったという。この「三千人」発言はかなりこたえた。だって、三千人って、比較的小さな規模の大学の学生数くらいである。本篇のジャングル惑星ヴォルチャー・プールにだって、三千人のテラナーが住んでいるのに！　しかも豊崎氏は、「コア層」も高年齢化が見込まれるから、このままいけばこの三千という数字も危うくなると指摘している。

それでもなお、私がこの仕事にしがみついている理由って、なんだろう？

たぶん、もっと多くの人にとって価値のあるなにかがそこにあるはず、と信じているからだろう。

外国語で書かれ、言語の壁があるために視界がさえぎられてしまっているが、その向こうには未知の豊かな世界が開けている。もちろん、いちばんいいのは、原語で読むことだ。原作の価値をまったく損なわずに他言語に置きかえることは、言語的、文化的制約からなかなかむずかしい。それでも、きちんとした言語の知識の裏づけがあり、考えぬいた言葉を選ぶことができたなら、異なる二言語のあいだをとりもつ翻訳という仕事がはたす役割は、今後もありつづけるだろう。それを必要とし、理解してくれる読者はきっといる。それが妄想なのか、幻想なのか、よくわからないけれど、私はやっぱりそう思いつづけていくような気がする。これからも。

カート・ヴォネガット

タイタンの妖女
浅倉久志訳

富も記憶も奪われ、太陽系を流浪させられるコンスタントと人類の究極の運命とは……？

プレイヤー・ピアノ
浅倉久志訳

すべての生産手段が自動化された世界を舞台に、現代文明の行方を描きだす傑作処女長篇

母なる夜
飛田茂雄訳

巨匠が自伝形式で描く、第二次大戦中にヒトラーを擁護した一人の知識人の内なる肖像。

猫のゆりかご
伊藤典夫訳

シニカルなユーモアにみちた文章で描かれる奇妙な登場人物たちが綾なす世界の終末劇。

ローズウォーターさん、あなたに神のお恵みを
浅倉久志訳

隣人愛にとり憑かれた一人の大富豪があなたに贈る、暖かくもほろ苦い愛のメッセージ！

カート・ヴォネガット

スラップスティック
浅倉久志訳

マンハッタンの廃墟で史上最後の大統領が書きつづる、人間たちのドタバタ喜劇の顛末。

ジェイルバード
浅倉久志訳

囚人スターバックが人々への愛と怒りをこめてつづった〈新〉アメリカン・グラフィティ

チャンピオンたちの朝食
浅倉久志訳

不遇の生活を送るSF作家キルゴア・トラウトの波乱の運命を描く、涙と笑いの感動作。

モンキー・ハウスへようこそ［1］［2］
伊藤典夫・他訳

セックスが禁止され自殺が奨励される人口過剰社会を描く表題作などを収録する短篇集。

バゴンボの嗅ぎタバコ入れ
浅倉久志・伊藤典夫訳

ユーモアに辛辣さを織り交ぜた表題作ほか、優しくも皮肉な珠玉の初期短篇23篇を収録。

カート・ヴォネガット

ガラパゴスの方舟

浅倉久志訳

進化論で知られる諸島に漂着したわずかな生存者が、百万年を経て遂げた新たな進化は？

青ひげ

浅倉久志訳

亡き妻の大邸宅で孤独に暮らす老人が、自宅の納屋の中にひそかに隠していたものとは？

デッドアイ・ディック

浅倉久志訳

祖国の中性子爆弾により、やがて滅びる運命にある街でおりなされるコミカルな人間模様

ホーカス・ポーカス

浅倉久志訳

財政が破綻しかけたアメリカで日本人経営の刑務所に就職した教師ハートキの波瀾の人生

タイムクエイク

浅倉久志訳

時空連続体に発生した異常のため、人々は過去十年間の行動をくりかえすことになった！

カート・ヴォネガットのエッセー集

ヴォネガット、大いに語る

飛田茂雄訳

幼少時からのＳＦとのかかわりを語るインタビューやエッセー、怪実験をおこなうニューヨークのフランケンシュタイン博士を描いた脚本、『猫のゆりかご』創作秘話と科学者の道徳観について述べた講演録などを収録する。

パームサンデー—自伝的コラージュ—

飛田茂雄訳

手紙、短篇、講演原稿、書評、さらには、ヴォネガット家のルーツ、自己インタビュー、自作の成績表、核問題、敬愛する作家、わいせつ性についての話などヴァラエティあふれる文章を著者自身が編纂した第２エッセー集。

死よりも悪い運命

浅倉久志訳

故人となった父母や姉たちの思い出や同時代の作家のこと、銃砲所持や民族社会、モザンビークの内戦、地球汚染などの社会的、世界的な問題にいたるさまざまなテーマについて、ユーモラスかつ真摯に語る第３のエッセー集。

アーサー・C・クラーク

海底牧場
高橋泰邦訳
不治の広所恐怖症のため、海で新たな人生を送ると決めた宇宙飛行士の姿を描く海洋SF

渇きの海
深町眞理子訳
月面上で地球からの観光客を満載したまま、砂塵の海ふかく沈没した遊航船を救出せよ！

幼年期の終り
福島正実訳
突如地球に現われ、人類を管理した宇宙人の目的とは？　新たな道を歩む人類を描く傑作

白鹿亭綺譚
平井イサク訳
ロンドンのパブに集まる男たちが語る、荒唐無稽で奇怪千万な物語。巨匠のユーモアSF

天の向こう側
山高　昭訳
宇宙ステーションで働く人々の哀歓を謳いあげた表題作ほか、SFの神髄を伝える作品集

訳者略歴　1955年生，上智大学文学部ドイツ文学科・慶應義塾大学文学部卒，独語・英語翻訳者，独語通訳者　訳書『ラール人の逃避行』クナイフェル＆ヴルチェク（早川書房刊），『読書について』ショウペンハウエル他多数

HM=Hayakawa Mystery
SF=Science Fiction
JA=Japanese Author
NV=Novel
NF=Nonfiction
FT=Fantasy

宇宙英雄ローダン・シリーズ〈430〉

時間《じかん》超越者《ちょうえつしゃ》の帰還《きかん》

〈SF1864〉

二〇一二年八月　十　日　印刷
二〇一二年八月十五日　発行

（定価はカバーに表示してあります）

著　者　ハンス・クナイフェル　ウィリアム・フォルツ
訳　者　赤《あか》坂《さか》桃《もも》子《こ》
発行者　早川　浩
発行所　株式会社　早川書房
郵便番号　一〇一‐〇〇四六
東京都千代田区神田多町二ノ二
電話　〇三‐三二五二‐三一一一（大代表）
振替　〇〇一六〇‐三‐四七七九九
http://www.hayakawa-online.co.jp

乱丁・落丁本は小社制作部宛お送り下さい。送料小社負担にてお取りかえいたします。

印刷・信毎書籍印刷株式会社　製本・株式会社川島製本所
Printed and bound in Japan
ISBN978-4-15-011864-8 C0197